DUAS ÁGUAS

luís augusto Fischer

DUAS ÁGUAS

Capa: Ivan Pinheiro Machado
Preparação: Patrícia Yurgel
Revisão: Jó Saldanha

CIP-Brasil. Catalogação-na-Fonte
Sindicato Nacional dos Editores de Livros, RJ.

F562d   Fischer, Luís Augusto, 1958-
          Duas águas / Luís Augusto Fischer. – Porto Alegre, RS :
       L&PM, 2008.
       152p.

       Conteúdo: Mundo colono – Na Feira, às 4 da tarde
       ISBN 978-85-254-1835-7

       1. Novela brasileira. I. Título. II. Título: Mundo colono.
III. Título: Na Feira, às 4 da tarde.

08-4084.   CDD: 869.93
                        CDU: 821.134.3(81-3

© Luís Augusto Fischer, 2008

Todos os direitos desta edição reservados a L&PM Editores
Rua Comendador Coruja 314, loja 9 – Floresta – 90.220-180
Porto Alegre – RS – Brasil / Fone: 51.3225.5777

PEDIDOS & DEPTO. COMERCIAL: vendas@lpm.com.br
FALE CONOSCO: info@lpm.com.br
www.lpm.com.br

Impresso no Brasil
Primavera de 2008

Poesia, te escrevia:
flor! conhecendo
que és fezes. Fezes
como qualquer,

gerando cogumelos
(raros, frágeis cogu-
melos) no úmido
calor de nossa boca.

João Cabral, *Antiode*
(contra a poesia dita profunda)

Duas águas como num telhado de dois lados, um caindo para uma direção, outro caindo para a direção oposta, mas os dois compondo o mesmo todo, o mesmo toldo.

Duas águas como (desculpado o abuso) dizia João Cabral de Melo Neto a respeito de sua poesia: para ele, um lado de sua verve era de fácil assimilação, de fluência tranqüila, requeria pouca elaboração, e o exemplo seria a obra-prima que é *Morte e vida severina*; e o outro lado de seu talento era mais armado, mais difícil, de leitura mais áspera, e o exemplo seria *Uma faca só lâmina*.

Assim disse ele, um gênio incomparável que era o mestre das comparações. Lembro de uma, ele dando entrevista na televisão para o Ziraldo, num programa que este criou e apresentou creio que nos últimos anos 70, ou nos primeiros 80, quando a gente que valia a pena estava batalhando pela redemocratização e fazendo força para que tudo, na imprensa e na universidade, no jornal e até na televisão, ficasse mais inteligente; lá pelas tantas o Ziraldo elogia justamente *Morte e vida severina* (lembrando uma conversa do poeta pernambucano com o poeta carioca Vinicius de Moraes, que também uma vez elogiara o famoso auto de natal, posteriormente musicado por Chico Buarque de Holanda), e João Cabral reage dizendo que aquilo não era nada de muito relevante, que era um poema fácil e por isso nem merecia muito elogio, tanto que ele só o havia reelaborado umas (digo eu, de memória, talvez traidora) catorze vezes, bem diferentemente de sua obra mais exigente, que ele revia e reescrevia incontáveis vezes.

Duas águas, por sinal, foi o nome que João Cabral deu a uma reunião de sua obra completa até 1956; daí que espero não estar ferindo a memória dele, nem a sensibilidade do leitor mais atento, ao repetir aqui este nome, de resto tão trivial. (O nome só aconteceu dessa vez, mais de cinqüenta anos atrás; depois vieram suas *Poesias completas*, em várias edições, a começar de 1968; e apareceu uma coletânea chamada *Museu de tudo e depois*, em 1988. Para o leitor de 2008, esses nomes e os poemas por eles batizados estão todos na *Obra completa*, da editora Nova Aguilar, com organização de Marly de Oliveira.)

Então, duas águas: uma fácil, que escorre sem entraves nem obstáculos; outra meio obscura, escura, turbulenta, lenta. Minha água fácil e minha água difícil vão aqui em duas novelas, *Mundo colono* e *Na Feira, às 4 da tarde.* Qual é uma, qual é outra? Só sei dizer que as duas são eu mesmo, eu sou elas duas, flor e fezes. E espero que o leitor aprecie.

LAF

Sumário

Na Feira, às 4 da tarde / 13
    Uma pequena explicação / 15

Mundo colono / 85
    Nota / 147

NA FEIRA, ÀS 4 DA TARDE

Uma pequena explicação

O nome desta novela parece um endereço de encontro: tal lugar, tal hora. E é isso mesmo, como o leitor vai ver assim que começar a ler. O cenário da história é Porto Alegre, todo ele girando em torno de um evento clássico da cidade, a Feira do Livro, uma sensacional feira de livros a céu aberto (faz uns dez anos que há cobertura nas alamedas das barracas de venda, o que tapa um pouco o céu mas, em compensação, protege das chuvas da primavera), numa das praças mais significativas do Centro Histórico da capital gaúcha, a praça da Alfândega. Tem mais de 50 anos de vida (e eu mesmo escrevi um livro sobre a história da Feira, que está no catálogo da L&PM, para o eventual curioso) e agrega livreiros, editores, leitores, passantes desavisados, escritores, gente que não tem nada que ver com livro, em todas as faixas etárias e, podemos dizer com bastante orgulho, de todas as faixas de renda – há programas de acolhimento e de trabalho com meninos de rua, assim como há debates sofisticados para a elite universitária, tudo em torno da mesma Feira. Longa vida para ela.

A idéia nasceu meio ao acaso: o pessoal do site clicrbs.com.br (lembro da Maíra Kiefer me falando, mas havia mais gente de fé envolvida na proposta), na Feira de 2006, me convidou para escrever um blog ao longo dos dezessete dias do evento, e eu, sem nada previamente pensado, resolvi fazer comentários de livros mas também uma história seriada, e por isso comecei, dois dias antes de estrear o blog, a escrever uma cena, que me pareceu que valia a pena perseguir, ficcionalmente falando. Resultou que escrevi estes dezessete capítulos dia por dia, entre 27 de outubro e 12 de novembro de 2006. Bem, na verdade eu escrevi de uma sentada uns cinco capítulos, depois mais uns quantos, de forma que o ritmo não foi bem um por dia; mas a cada dia eu ia dando uma polida no texto já escrito, se houvesse, e ia avançando um pouco na história de amor que aqui é contada. Igualmente houve alguma interação com leitores do blog, que iam dando palpites e me iluminando o caminho.

História de amor e de morte, como vai ver o leitor. Mas aqui eu quis mesmo escrever uma história leve, que acabasse bem, com gente feliz em atuação. No ano anterior, 2005, eu tinha publicado

Quatro negros, uma novela de que gosto muito mas que me custou muito, pela força humana, experiencial, com que ela lida, e por isso este passeio pela Feira teve a intenção da leveza. Consegui?

Muita coisa aqui dentro é verdadeira, aconteceu comigo. Muitas cenas desse amor aí são decalcadas na minha linda história de amor com a Julia, de que resultou o Benjamim, nosso filho, nascido em outubro de 2006, pouco antes de eu escrever esta história. A eles dois e ao Alfredinho, que também aparece aqui, o livro é dedicado.

Gente que me escreveu comentando a novela no blog ganha aqui um abraço – e as assinaturas vão como apareceram lá, no blog, salvo as que eu conheço e posso dar por extenso: Laralto; Ivana; Lena; Gustavo; Ana Márcia, velha amiga e colega; Cria; Ederson; Peterson, de Floripa; Aline Fischer, prima querida; Arthur de Faria, que é personagem e meu amigo de tantos anos; Oli, que vem a ser Olívia Fischer Dias, minha sobrinha amada; Vanessa; Ana Paula; Ricardo; Aline Pumes; Lisete Gunschnigg; e a Luíza Fischer da Cunha, minha amada afilhada.

LAF

Capítulo 1

Passei pelas prostitutas da praça da Alfândega, que nesta época são deslocadas dos bancos em que costumam trabalhar durante todo o ano e acabam ficando pelas beiradas da Feira, esperando talvez colher algum freguês por ali. Fica ruim pra elas, e durante um tempo elas não aceitavam perder o espaço. Nem elas, nem os camelôs e artesãos que passam o ano todo vendendo bagulhos nas alamedas principais da Alfândega; mas com o tempo elas acabaram aceitando que por duas semanas, no começo de novembro, a Praça é dos livros, das barracas que vendem os livros, das pessoas que vêm para ver e comprar livros.

Passei por elas; elas eram duas, naquele canto, perto do Santander Cultural. A gente logo reconhece a puta de rua pelas roupas, feias ou grosseiras e falsificadas, e pela maquiagem, errada ou exagerada – ao passo que a puta de luxo não dá pra reconhecer à primeira vista, de vez em quando nem à segunda ou terceira vista. A de luxo pode parecer uma irmã, uma prima, uma colega de colégio ou de faculdade. Aliás tem putas de luxo que são mesmo colegas de faculdade. Eu conheci uma que fazia Psicologia na PUC, aqui em Porto Alegre. Falei pouco com ela, mas foi bem legal. Eu não conheci ela profissionalmente, não tinha sido um contrato de trabalho o que nos uniu por uma meia hora; na real eu a conheci pela mão de um amigo meu que costumava pagar pelos serviços dela. Eu sou tão tímido que nem para isso tenho coragem. Para ter namorada, quero dizer, pra transar regularmente, eu preciso namorar mesmo, preciso me envolver, me apaixonar. Já me disseram que eu sou um estúpido, que perco um monte de chances de prazer, mas até hoje não soube fazer diferente.

Com a Lídia, agora, era isso que estava acontecendo. Era por causa dela que eu estava chegando na Praça, passando pelas putas do lado do Santander. Eu marquei com ela para a gente se encontrar na porta do MARGS, em frente da porta, mais exatamente às 4 da tarde. E eu estava chegando na pinta, o relógio estava chegando junto comigo. Pensei duas coisas: que era uma felicidade estar às 4 da tarde, justinho, no meio da praça cheia de barracas de livros, e que havia uma felicidade ainda maior, porque a praça e os livros seriam apenas uma moldura para o que viria depois.

Passando pela frente do Memorial, o antigo e lindo prédio dos Correios, eu já olhava para diante, tentando encontrar o cabelo dela destacado da paisagem e da multidão. Nada. Quando eu conheci a Lídia, ela tinha o cabelo pintado de verde. Não, não é brincadeira: verde mesmo. Bem na parte de cima da cabeça, um verde gritante, chamativo, mas que com o tempo amainou e ficou parecendo uma fumaça esverdeada. Era um efeito lindo, ela é linda, aliás, de qualquer jeito. Cabelo pintado de verde... Claro que eu nunca tinha pensado nisso. Falei que eu sou tímido; agora imagina eu andando com uma guria de cabelo verde. E no entanto eu não fiquei nem tímido, nem intimidado, estando com ela.

Nos últimos tempos ela estava com seu cabelo de cor natural, a cor que a natureza tinha designado pra ela: quase preto, bem escuro, e com um encaracolamento irregular que era outro charme. Era esse cabelo que eu procurava, na hora marcada, 4 da tarde, em frente à porta do MARGS.

Chego ali, desviando de um monte de gente, e nada dela, nem preta, nem verde. Ela ia demorar? Ela nunca demorava. Como eu, ela gosta de aproveitar o tempo e por isso é organizada (mas eu não sou muito organizado não, sou só pontual). Chego, não vejo a Lídia e, para piorar, enxergo uma amiga muito querida dela, a Ana Paula, com uma cara de quem estava só me esperando pra me dar uma notícia muito, muito ruim. Olhei para ela e ela me olhou, bem dentro dos olhos.

Capítulo 2

No olhar dela se misturavam lágrimas e angústia, mas tudo em silêncio, sem tumulto aparente, o conjunto do rosto relativamente sereno, ou pelo menos sem caretas medonhas, daquelas que a gente faz quando chora. Cheguei diante dela, fiquei de costas para a porta do MARGS, e parei, sem saber se perguntava alguma coisa ou se deveria logo imaginar o pior como sendo verdade. Ela não se moveu, não mexeu braço ou perna ou cabeça, nada: com a cara afogada naquela mistura, ficou me olhando nos olhos (ela é baixinha, tipo um metro e meio ou um pouquinho mais, eu sou alto, 1 metro e 84) e disse: "Ela morreu".

Silêncio fazendo barulho nos meus ouvidos, pressão sobre a testa e a nuca, branco nos olhos.

A tarde estava quente e colorida, como acontece na primavera da cidade, esta cidade aqui, Porto Alegre, em que uma guria acabava de morrer.

Morreu! Como assim, morreu? Mas *como assim*???

"Ela tava na carona daquele idiota daquele primo dela, aquele filho-da-puta, aquele idiota, aquele merda. Ela morreu porque não quis deixar que ele fosse sozinho levar o cachorro para o veterinário. Ela morreu pra ajudar aquele idiota. E ele não morreu! Ele não morreu, tu pode acreditar? Ele mal se machucou, aquele verme, aquele pus humano" – ela dizia isso sem raiva, de um jeito meio neutro, desanimado. Tava na cara que ela já tinha chorado nas últimas horas.

Eu tinha que chorar? Nunca tinha enfrentado morte de gente próxima, quer dizer, de gente jovem próxima. Meu último avô tinha morrido uns anos antes e já era bem velhinho, eu chorei mas como se chora por um velho que já estava chegando na hora de ir mesmo, um velho muito triste como ele era, que já tinha desistido de melhorar a vida porque sua esposa, que não era minha avó mas era gente muito fina, já tinha morrido, uns tempos antes, de um câncer perverso. (Todo câncer é perverso, eu sei.)

Eu queria chorar.

Queria chorar? Queria sim. Queria abraçar a baixinha amiga, a Ana Paula que me trouxe a notícia. Não ia abraçar a amiga, eu não. Como é que e gente reage quando fica sabendo que morreu uma pessoa assim conhecida, próxima, e ainda por cima com a idade da gente? Fisicamente, eu quero dizer: a gente chora, se estrebucha, cai sentado? Ou dá pra reagir com cara de quem segura no peito, não transparece?

"Tu tá muito mal?", ela me perguntou. Eu estava muito mal, mas não sei *quanto* mal. Devia estar mais mal ainda, eu achei. Me senti culpado por não estar tão mal quanto eu imaginava que deveria estar, talvez. Talvez. Não sei.

"Tô sim, mas na boa". Resposta ridícula, mas foi o que eu disse.

Eu ainda não tinha nem atinado de perguntar pra Ana Paula como é que ela sabia que eu ia me encontrar com a Lídia ali, naquele lugar, naquela hora. Tinha muita coisa pra perguntar, e comecei a perguntar.

Onde tinha sido? Lá na Zona Sul, na curva da Tristeza, na altura da praça: o cara estava muito rápido, queria logo chegar ao veterinário porque o cachorro gania de dor por algo que não se sabia o que era, e não parou na rótula, pechou num ônibus, entrou em cheio na lateral de ônibus, que chegou a tombar de lado, pela porrada do carro do primo da Lídia.

A que horas? Pelas nove da manhã, nem tinha muito movimento.

E... o que mais? O que mais se pergunta em situações como essa? Sim: onde ia ser o velório? No São Miguel e Almas. A partir de que horas? A Ana Paula olha o relógio no pulso e diz: "Agora mesmo, 4 da tarde".

Capítulo 3

A Ana Paula talvez esperasse alguma iniciativa minha, mas eu não soube o que fazer, o que perguntar, o que suspirar. Estava faltando suspirar, eu pensei. E suspirei, uma vez só, profundamente. Ela deu um passinho para a frente, para o lugar em que eu estava desde que tinha ouvido a frase fatal, "Ela morreu". O passinho foi acompanhado de um gesto, o primeiro gesto dela: ela estendeu a mão na direção da minha, que estava dentro do bolso. (As duas mãos estavam lá dentro, bem no fundo dos bolsos, cada uma em um, e os braços bem esticados, empurrando a calça um pouco para baixo.)

Eu tirei a mão direita do bolso e deixei que ela pegasse, com as duas mãos. Mão macia a dela. Ela me disse, então, que a gente poderia ir juntos ao velório, se eu quisesse. Eu disse que sim, claro.

Mas como é que ela sabia que eu tinha aquela ponte com a Lídia, às 4, na frente do MARGS? Eu perguntei diretamente para ela. E ela me contou que na noite anterior a Lídia tinha mandado um e-mail para ela, contando que ia se encontrar comigo, naquele ponto ali, e por isso perguntava se não seria o caso de elas duas se encontrarem logo depois, tipo às 6, num dos bares da Feira, para tomar um chope e olhar o pôr-do-sol.

"Eu topei, ia encontrar com ela mesmo, a gente ia beber um pouco, nesse calor. Aí, enquanto eu tava lendo no quarto, pelas 10 da manhã, a mãe dela me ligou contando do acidente. Ela ainda não sabia que a Lídia tinha morrido, mas já tinha morrido sim, morreu na hora da pechada. Eu peguei um táxi e fui lá pra casa dela, esperar pelas notícias. Tu sabe, a Lídia era filha única, e eu sou amiga dela desde o tempo do prezinho. *Sou*, não, *fui*, né?"

Eu não queria saber mais, mas ela seguia explicando.

"Aí, quando chegou a notícia da morte, a mãe dela precisou ser medicada, de tão nervosa que ficou. O pai foi para a Tristeza – que nomezinho de bairro pra morrer, né? E foi aí que eu lembrei de ti, lembrei da ponte que vocês tinham marcado aqui. Pensei que tu ia ficar talvez sem saber de nada, talvez por muito tempo, e resolvi vir até aqui pra te avisar. Tu sabe, eu gosto muito de ti, sempre gostei, e achei que tu ia ter que saber da morte. Quem mais ia poder te avisar?"

Realmente, ninguém mais. Eu não conhecia nem pai, nem mãe da Lídia. Pra falar toda a verdade, eu nunca tinha tido chance de chegar nem perto da casa dela. Até me apresentei para ir lá, fazer a onda toda de namorado, mas a Lídia desconversou. Eu queria namorar ela, mas ela não queria me namorar muito. De todo modo *eu* estava envolvido com ela, bastante. Não posso dizer que era amor, nem que era paixão, mas é certo que eu estava gostando dela. Para os meus padrões, a Lídia era uma guria de namorar de verdade, ir na casa, conhecer família, até mesmo casar. Não chegava a ser um plano muito claro da minha parte, mas não posso negar que a idéia de casar com uma mulher interessante como a Lídia me agradava.

Minha situação era a seguinte: tinha um emprego legal, aliás dois empregos. Sou professor, é uma profissão em que a gente sempre tem mais de um local de trabalho, fatalmente. Meu salário era decente para um cara de 25 anos, e eu morava sozinho fazia uns meses, um apezinho pequeno mas legal, ainda sem móveis, só o essencial, quer dizer, meu laptop (com conexão discada para internet), um som ok, uma tevê, uma cama, uma escrivaninha comprada em um brique, prateleiras de livros, as coisas de cozinha, e era isso. Mesa era o chão ainda, mas isso não me incomodava.

Lídia, que era jornalista e tinha um emprego também legal, bem que podia ser parceira na empreitada de morar junto. Não podia? Podia, mas ela nunca me deu nenhuma esperança a respeito. No fundo, eu é que gostava dela, ou pelo menos eu gostava dela muito mais do que ela de mim.

Capítulo 4

E agora Lídia estava morta, o que me deixava numa situação estranha. Queria chorar? Não sei. Tentei associar uma morte importante para mim, como a do vô, com o sentimento meio obscuro e sem forma que me ocupava ali, com a notícia, na intenção, quem sabe, de chorar um pouco. Mas nada.

A Ana Paula me chamou de volta à realidade banal daquele dia apertando minha mão.

"Afinal tu quer?"

"Quer o quê?"

"Que eu vá contigo no velório."

Eu disse que sim, claro. Meu carro era um velho Escort, de terceira mão, mas decente, me levava para onde era necessário. Eu virei o corpo na direção do Banrisul, na ponta da praça, como querendo começar a me movimentar para lá, para pegar o carro no estacionamento.

"Vamo então?", eu convoquei a Ana Paula. E fomos.

Nessa altura ela já tinha soltado a minha mão, claro, e fomos andando lado a lado, eu de novo com as mãos enterradas nos bolsos, ela com as mãos apenas pendendo na ponta dos braços. Ela não parecia ter problemas com elas, não ficava se perguntando onde colocá-las, apenas as deixava ali, prontas para o que fosse necessário.

"A Lídia..." A Ana Paula começou a frase e não concluiu, chorosa.

"A Lídia o quê?"

"A Lídia... morreu. Morreu. Que coisa mais absurda, mais sem fundamento. Como é que pode?" A Ana chorava sem fazer barulho.

"A Lídia gostava muito de ti", eu falei. Era verdade, não era um consolo convencional para agradar a Ana Paula. Eu sabia disso porque a Lídia sempre, mas sempre mesmo, me falava nela. Que tinha saído com a Ana Paula. Que no verão ela e a Ana Paula tinham viajado até a Bahia, para umas férias inesquecíveis. Que a Ana Paula era muito companheira e legal. Que ela queria ser como a Ana Paula, calma e decidida, serena e inteligente. E eu repeti tudo isso pra Ana, ali, caminhando até o carro e já dentro dele, a caminho da lomba do cemitério.

A Ana Paula começou a chorar, ou melhor, voltou a chorar, porque estava literalmente na cara que ela já tinha chorado de monte. Era um choro triste, manso, quase sem barulho. A cara dela enrugou bem no centro, em volta do nariz, ficou tudo avermelhado, e as lágrimas desciam, muitas e rápidas, até o queixo, e dali pingavam. Ela fungou algumas vezes, enquanto eu fazia o carro tomar o rumo da Azenha: fui pela Mauá, costeando o muro todo pintado com ilustrações alegres, coloridas; a Usina logo apareceu, na ponta da curva; depois a bela paisagem do sol começando a cair, o carro bem na beirinha do rio, tendo ao outro lado da avenida o parque da Harmonia; entrada tumultuada da Ipiranga, movimento forte; Ipiranga, até a João Pessoa, e finalmente Azenha e lomba. E ela fungando.

"Ela também gostava de ti", a Ana Paula conseguiu me dizer. Mas eu sabia, no fundo do meu coração, que isso não era muito verdade. Assim que parei o carro, olhei para os lados, para ver se não corria um risco óbvio de ser assaltado, desprendi o cinto de segurança e girei o tronco para o lado do carona. Fiquei com o rosto quase de frente para ela e disse o que me passou pela cabeça, quem sabe tentando *me* convencer: "Ela gostava pouco de mim, muito pouco, mas tudo bem. Agora ela morreu e nós vamo lá dentro chorar por ela um pouco, que é a coisa mais decente que dá pra fazer neste momento. Vamo?"

Capítulo 5

Nem eu sei de onde tirei aquela frase, tão definitiva e ao mesmo tempo tão clara. Pois não era isso mesmo? Era. Tínhamos que entrar, chorar e depois as coisas iam continuar, de algum modo. Mais tristes? Mais alegres? Sabe-se lá. (Tem uma passagem de um poema do Castro Alves que eu guardei sem querer, sem fazer força, sem pensar em guardar: "Das naus errantes quem sabe o rumo, se é tão grande o espaço?")

Saímos do carro e, quando cruzávamos a rua, uma avenida que tem um movimento estranho, irregular, eu fiquei pensando que eu podia estar com mau hálito, e que a minha frase, dita na cara da Ana Paula, podia ter sido acompanhada por aquele desagradável cheiro. Será? Discretamente eu testei o bafo: botei a mão em concha na frente da boca e assoprei nela, de forma a fazer o ar subir para meu próprio nariz. Truque velho, um primo meu tinha me ensinado, quando eu ainda era criança. Não deu pra decidir se o cheiro estava ruim ou não; por via das dúvidas, descasquei um chiclé e comecei a mascar.

Tocou meu celular, eu vi que era o Alfredinho, meu primo, um cara que é para mim mais do que um irmão, uma figuraça; eu só atendi pra dizer que depois eu ligaria pra ele, porque estava com pressa. Ele queria me contar, feliz, que tinha passado no concurso pra delegado de polícia, coisa que ele queria muito. Ia ter que morar numa cidade longe pra burro, lá na fronteira com a Argentina. Eu mandei um abração e a gente ficou de se falar depois. O Alfredinho delegado, era o que me faltava. Mas eu tinha certeza que ele ia ser um grande delegado.

Ao chegar na sala do velório, aquele clima estranho. Gente triste, gente com cara chorosa, gente querendo chorar tudo de uma vez só. A Lídia tinha muitos conhecidos, muitos amigos, parentes, admiradores. Parecia que metade dos ex-colegas da faculdade estava ali, junto com todos os colegas de trabalho. Num canto, a mulher que me parecia ser a mãe dela, para quem eu não tinha sido apresentado, porque como já disse a Lídia não tinha aberto nenhuma brecha. Ela preferia uma coisa "mais leve", o que significava que a gente podia se encontrar, em geral no meu apê mesmo, transar à vontade, podia sair para comer ou para ir ao cinema, e era isso, nada mais. Ela não pretendia me levar por muito tempo como companhia.

 Cheguei mais perto do caixão, que estava com a tampa fechada. Fui para perto da região da cabeça, para tentar ver pelo vidro o rosto dela. Eu queria estar mais triste do que realmente estava, queria dar pinta de estar sofrendo loucamente. Queria mesmo? Acho que sim. Dois passos e, surpresa, aquele vidrinho estava tapado por dentro, com um pano branco, cetim, eu acho. Duas coisas chegaram juntas na minha cabeça: que ela devia ter sido muito machucada na pechada e que eu nunca mais veria aquele rosto de novo. Não com vida, não respirando, não cheirando meu pescoço, não o sorriso aberto sendo jogado para o céu, quando a cabeça ia pra trás, numa daquelas risadas sonoras que ela dava quando estava alegre – e ela ficava alegre muitas vezes, quando nós estávamos juntos.

 A tristeza chegou, finalmente, e tomou conta de toda a minha percepção, da inteligência, da sensibilidade; não sobrou nada de fora. Perdi de vista os outros que ali estavam e os que chegavam. Por uns momentos desliguei mesmo, profundamente. Chorei.

 Voltei a mim com uma mão pegando meu braço direito, logo acima do cotovelo; me virei para trás e vi a Ana Paula. Ela me chamava na direção da porta dos fundos da capela. Sem pensar fui, e mais dois passos adiante ela me apresentou para a mãe da Lídia.

"Este é o... O Benjamim. Tu sabe, tia, o amigo professor da Lídia."

"Claro, Benjamim. Que bom que tu veio."

Eu não sabia o que dizer, nem se devia dizer o que quer que fosse. A gente diz "meus pêsames"?

"Meus pêsames."

Eu estava sentindo muito forte a tristeza dela, maior que a minha, muito maior.

"Obrigada, meu filho. Ela vai fazer falta."

E começou a chorar. Recomeçou, para ser mais exato.

A Ana Paula teve a gentileza e a habilidade de logo me tirar dali. Eu senti uma lágrima querendo saltar da piscininha dos meus olhos. Saltou, e eu sequei com as costas da mão. Deixei a Ana sair na frente, me puxando pela mão, e fui com ela para o bar do cemitério, em busca de um café.

Capítulo 6

Esperar pelo enterro estava fora de cogitação, eu pensei, mais uma vez com total nitidez. Não era o caso de ficar ali, remoendo o que eu sentia na hora, uma tristeza que era mais estranha do que propriamente triste. Nunca passei uma noite velando cadáver, nem sei se vale a pena, quero dizer, se tem sentido fazer isso. Desde que eu deixei de ir à missa e essas coisas, me parece que a morte é realmente um limite, ponto. Mas também não quero pensar nisso muito, nesta altura da vida. Em todo caso, uma coisa era certa: Lídia tinha morrido e não adiantava nada mais.

Enquanto a Ana Paula voltava do balcão com as duas xícaras de café – *espresso*, que beleza, que progresso, até no cemitério agora tem máquina de café decente –, eu pensava em duas coisas: que eu não fumava mais, e portanto não ia acompanhar o café como até um ano antes eu fazia, e que assim que voltasse para casa era certo, certíssimo que eu ia remexer nas coisas da Lídia que tinham ficado comigo. Sem muito rigor, lembrei que pelo menos uma calcinha estava lá, pendurada no varal perto do tanque; talvez um casaco, um casaquinho de linha amarronzado, com cara de ter sido da avó dela, que ela adorava usar ao menor sinal de queda na temperatura; sem qualquer dúvida, lá estavam também uma escova de dentes e uma de cabelos, mais o xampu e o desodorante, aliás, dois, porque ela usava um desodorante íntimo também, o que eu achava uma total bobagem.

Quando eu começava a pensar em mais detalhes das coisas da Lídia lá em casa, recorrendo mentalmente todas as peças do apê, a Ana Paula sentou diante de mim e me esticou a mão, com a xícara; a mão permaneceu do meu lado da mesa, com a palma virada para cima, como pedindo alguma coisa. Eu depositei a minha mão na dela, pensando que era um conforto para ela, mas era o contrário. Mão quente a dela. Mão bonita, com dedos longos. Engraçado que ela era baixinha mas tinha mãos de dedos longos. Nada desproporcional, só diferente.

"Eu imaginava que uma guria do teu tamanho teria mãozinha pequena e gorda, mas a tua mão é elegante, dedos finos e longos."

"Como assim *do meu tamanho*? Quanto tu acha que eu meço?"

Eu disfarcei.

"Em torno de um metro e 60".

"Um e 61. Não é tão pouco, não sou tão baixinha."

Realmente não era. Conheço muita guria menor que isso. Eu tinha me enganado sobre o metro e meio dela.

"Ben-ja-mim. Que nome raro esse teu, não é? De onde é que veio?"

"Meu bisavô paterno se chamava Beno, e meu pai resolveu homenagear o velho. Ainda bem que não botou Beno mesmo, né?"

"Benjamim é com 'm' no fim, né?"

"Como fim, pudim, pasquim, jasmim, mim, tamborim, cupim, alecrim, amendoim, tudo que termina com esse som, em português, é com 'm' no fim. Regra do Português."

"Não consigo te imaginar dando aula de Português. Tu fala, assim, de regras, de como usar vírgula, tudo isso?"

"Tudo isso e mais um tanto. Português, Redação e Literatura. E gosto."

Ela não era a primeira a achar estranho que alguém digamos normal fosse professor de Português. Eu não fazia muita questão de explicar isso para as pessoas em geral, mas a Ana Paula não era uma pessoa em geral.

"Quem não gosta de dar aula talvez não imagine como é legal estar na frente de alunos, eles querendo e não querendo ter aula, mas sempre com aquela energia, e a gente com o compromisso de contar para eles como são as coisas que a gente estudou. Português é uma matéria que é cheia de vida."

"Como assim?"

Capítulo 7

Eu estava começando a praticar minha velha tática de sedução, me dei conta na hora. Quando eu começava com essa história de falar da minha profissão para mulheres sensíveis e gente-fina, como era notoriamente o caso da Ana Paula, era bucha: eu estava no meu melhor, no meu elemento, naquilo que me definia profundamente, e a chance de deixar a moça *in the mood* era grande.

"É o seguinte: professor de português e de literatura é um cara íntegro, integral, porque a vida dele é realmente uma coisa só. Por dois motivos: porque tudo que ele quiser tratar na aula tem a ver com a língua, com a linguagem – pode ser uma aula sobre regra de pontuação ou um debate sobre a liberdade humana –, e ele pode aproveitar tudo para falar sobre o assunto; e porque, segundo, tudo que ele fizer na vida – ir ao cinema, ler, namorar, passear, viajar – pode entrar como repertório na aula que ele vai dar no dia seguinte. Posso contar o filme entre um ponto e uma maiúscula, posso propor uma redação sobre um caso que eu acabei de conhecer por ter lido no jornal, tudo isso. Não é uma maravilha?"

"Nunca tinha pensado."

Eu sabia que a Ana Paula era música, quer dizer, musicista. Estava se formando em flauta, no Instituto de Artes, na UFRGS, a mesma universidade onde eu tinha me formado e onde eu arrastava um mestrado. Eu tinha ouvido ela tocar uma só vez, num concerto ali no auditório Tasso Correa, no velho prédio do IA, na Senhor dos Passos. Ela solou um troço lindo pra burro. Ela tocava bonito: o jeito de menear o corpo, de infletir as pernas, de balançar a cabeça, tudo era um charme, discreto mas vigoroso. Serena e inteligente, como a Lídia tinha dito dela.

"E como é que é ser músico, música, musicista, sei lá, profissional da música?"

"De uma burrice assustadora. A gente precisa treinar, a palavra parece estranha mas é essa mesmo, treinar, ensaiar horas por dia, pra conquistar e depois manter a maior destreza possível. E quem é musicista de instrumento de vento mais ainda."

"De vento?"

"De sopro, desculpa. Não é charme, te juro, mas é que eu passei dois meses agora, julho e agosto, em Buenos Aires, num supercurso intensivo de flauta com um grandão, um belga, e sabe como é, lá se diz *de viento*, acabei me descuidando."

"Tá, mas e por que os de vento são mais exigentes?"

"Não digo mais exigentes; eu ia dizer que quem tem que assoprar ainda tem que ter boa perfórmance de sopro propriamente. Eu faço ioga, que é superimportante e dá bem certo."

Por que será que mulher diz tanto "súper" isso ou "súper" aquilo? Ela tinha tirado a mão dela de sobre a mesa para falar. Eu não posso reclamar, porque também falo com as mãos.

"Ana, tu vai ficar por aqui muito tempo? Acho que eu vou embora em seguida."

Ela demorou um tempo pra responder. Baixou os olhos, parecendo voltar subitamente para o cemitério, de onde nossos corpos não tinham saído, na verdade. Eu aproveitei para olhar com mais vagar para ela. Ela usava o cabelo preso rente à cabeça, na parte de cima, mas ele era meio comprido, passando dos ombros. Cabelo preto, cacheado, ou melhor, ondeado. Lembrei de uma empregada da minha mãe que dizia de cabelo assim que era "ondeoso". O rosto tinha algo de enigmático, eu pensei e logo me dei conta que era meio clichê pensar isso. Mas era verdade, não posso fazer nada. Ela sorria na maior parte das vezes em que falava comigo, mas nem o sorriso encobria os olhos inquietos. Não eram, como vou dizer?, olhos saltitantes, desses de gente destrambelhada; eram olhos que não pareciam estar olhando apenas o que focavam, mas mais do que isso, atrás e à frente do objeto que estava em foco. Não sei descrever. Lembrei do Simões Lopes Neto descrevendo os olhos de uma personagem dele, a Tudinha, que tinha olhos meio assustados, que ficavam ouvindo, ouvindo mais que vendo. Talvez fosse isso.

"Eu acho melhor ficar mais um tempo. Se tu for embora agora, a gente se fala depois. Eu entendo. Eu vou esperar pelas gurias, pelas nossas amigas mais próximas, quer dizer, minhas e da Lídia. A gente ainda tem muito que chorar."

"Fica bem."

"Tu também, fica bem."

Capítulo 8

Eu levantei antes da Ana e beijei os cabelos dela, bem perto da testa. Era um carinho, um reconhecimento. Em pé, esperei que ela levantasse e saísse caminhando na minha frente. Não sei se fui eu que me abaixei ou se ela cresceu, mas realmente nunca antes ela tinha me dado a sensação de ser tão alta, ou tão pouco baixa. E cheirosa: dos cabelos dela saía um cheirinho tri agradável, mesmo àquela hora do dia, quando o corpo já pede um banho.

Eu não sabia como era o esquema de banho da Ana Paula, evidentemente. Não tinha idéia de a qual metade da humanidade ela pertencia, se àquela que toma banho de manhã, ao sair de casa, como era o caso da Lídia, ou se era da minha metade, que toma banho ao chegar em casa, no fim da tarde ou começo da noite. Por mim, tomar banho quer dizer relaxar, relaxar quer dizer ficar em casa, ler, escrever, ver tevê, ver um filme, namorar. E mesmo se for pra sair depois, o banho é relaxante, um sinal concreto que eu dou para a fadiga, para o trabalho, para o peso da vida diária: ok, tu fica por aqui, vida real, que eu agora vou adiante, mas vou livre, faço o que quiser.

Eu precisava de um banho. As primaveras em Porto Alegre dão uns calores fortes, de vez em quando. Era o caso naquele momento. O dia tinha sido suado, e ainda tinha aquela tristeza no ar, envolvendo tudo. Uma morte, que coisa absurda. A morte da Lídia, uma guria da minha idade. Uma guria que eu estava namorando, mais ou menos. Que troço sem sentido.

Enquanto voltava pra casa, no Bom Fim velho de guerra, a cidade oferecia o mesmo cardápio de todo fim de tarde. Na Ipiranga, muita gente pedindo nas sinaleiras. Uma guria de sei lá, uns 15 anos, com um nenê no colo, pelo jeito filho dela, empurrava um bico contra a boca dele, pra conter o choro, enquanto pedia dinheiro. Eu nunca sei como reagir nessas cenas: de vez em quando fecho o vidro, de vez em quando puxo assunto, mas dar dinheiro eu não gosto. Fico pensando em duas coisas, sempre: é claro que a grana que eu der ali tem muito mais chance de ir para a droga do que para a comida, o que é péssimo, e é claro que a longo prazo eles acabam se acostumando com aquela manha de pedir grana e tal. Círculo vicioso. Isso não me impede de ficar triste com o fato absoluto: é uma pessoa como eu, querendo dinheiro pra fazer alguma coisa. O mundo não se move a dinheiro mesmo?

Tenho uma tendência depressiva, sei disso pelo menos desde a adolescência, quando fiz terapia com um psicólogo. Coisa ruim da vida me pega, sempre. Eu choro em filme de chorar, sempre. Vejo um velho pobre, esmolando ou mesmo trabalhando em algum trabalho duro, e penso: por que é que ele tem menos grana que eu? Eu pude estudar, minha família me alimentou, me apresentou para os livros, me deu rumo; ele, bem pelo contrário, deve ter comido pedra, caco de telha, raspa de tijolo, sem chance, e agora deu nisso. Por que ele não pode andar de carro e eu sim? Abre o sinal e a vida segue. Eu gostaria sinceramente de ser cínico, ou insensível, ou um cretino que nem se dá conta da brutalidade da vida.

Cheguei em casa, abri a porta e, claro, a primeira coisa que vi foi o casaquinho da Lídia, aquele de que eu tinha me lembrado. De linha, parecendo da vó dela. Bem num canto da sala, sobre um pufe velho que era o único móvel de sentar existente. Fui até ele, peguei na mão, cheirei. O cheiro dela, agora morta. A palavra "morte" estava presente na minha cabeça, na minha percepção, como uma preliminar de qualquer frase, qualquer pensamento.

Tomei banho, relaxei; pensei em fazer um mate, mas já tinha passado a hora certa, já era o começo da noite. No quarto, sentei e sem pensar fui caindo de comprido sobre a cama. Peguei no sono.

Capítulo 9

Acordei bruscamente às 6 da manhã, e o dia era de aula. Um sono de umas nove horas seguidas. Tinha tido um sonho pesado, no finzinho do sono: num hotel antigo, alto de um morro, rolava um encontro de gurizada, adolescentes e jovens, homens e mulheres, e eu lá, junto da massa. Um climão meio sexual. De repente eu saio e vou até lá em baixo, no pé do morro, onde passava a principal rua da cidade. Para chegar lá, era preciso passar por um túnel, que ficava cada vez mais estreito; no fim, eu tinha que fazer força pra sair. Cheguei e era uma estação, de trem ou metrô, envidraçada, e do lado de fora dava pra ver que estava muito frio, gente de roupa pesada. Uma mulher linda, de cachecol vermelho e casacão, me olha fixamente; ela pára na minha frente; eu abraço ela e aproximo meu ventre do dela, calor com calor, eu querendo comer a bela mulher. Acordei.

Acordei porque tocou o telefone, eu demorei pra me dar conta, e quando cheguei até ele parou de tocar. Simplesmente parou. Nem deu tempo pra eu pensar em reclamar, porque considerei que poderia ser alguma coisa relativa à Lídia. Sim? Não dava pra saber. Era o fixo, porque se fosse o celular eu poderia saber, claro. Não era raro a Lídia me ligar em horários estranhos, tipo 2 da manhã, perguntando se podia dormir comigo. Ela sabia que eu sou professor, que acordo cedo, que dou aula a partir das 15 pras 8, praticamente toda manhã. Era coisa dela: terminava o serviço na tevê, onde ela produzia um programa noturno, e pra ela a meia-noite era apenas começo de noite.

Lídia, agora morta.

Arrumei as coisas para as aulas do dia, que para meu gosto eram daquelas boas de dar: as turmas de Terceiro Ano estavam na neura do vestibular, de forma que era barbada manter o pessoal interessado – resumos de história da literatura, repassada geral nos períodos, características, aquelas coisas em que pouca gente acredita mas os vestibulares adoram. Naquele dia eu tinha duas aulas no Terceiro e outras duas no Segundo, e aí era aula de redação; eu estava trabalhando com revisão de texto, uma estratégia muito legal aprendida com um velho professor, Paulo Guedes, lá na Letras da UFRGS. Quer dizer:

não precisava me estressar com as aulas da manhã, por sinal as únicas daquele dia, já que tarde e noite eram livres nas quartas-feiras.

Eu dando aula e a idéia do enterro não saía da minha cabeça. Um aluno perguntava alguma coisa, eu respondia, e depois, ao retornar para a leitura ou para o quadro-negro, imaginava o enterro. Nada mórbido, só aquela quase presença: caixão, gente chorando, a Lídia encoberta, a Ana Paula abraçando a mãe da Lídia.

No recreio veio a notícia de que os Segundos Anos estavam dispensados para assistir a um filme em pré-estréia, naqueles benditos períodos finais da manhã. Não tive nenhuma hesitação: entrei no carro, acomodei a papelada no banco de trás e me fui para o cemitério, ainda a tempo de pegar o finzinho do velório e o enterro.

Lá estava, visível na primeira mirada assim que eu cheguei perto da capela mortuária, a Ana Paula, bem na cabeça do caixão, que já começava a se deslocar sobre um carrinho de rodas tipo de bicicleta, rolando silencioso pelos corredores cheios de lápides, "Descanse em paz", mármore negro, flores de plástico, letras em metal, fotos em porta-retratos colados na pedra, alguns nichos apenas tapados com laje de concreto, esperando um corpo, uma que outra pessoa por ali, a chorar por algum outro falecido.

"Quando eu morrer tu vai chorar por mim?" – perguntei pra Ana Paula, assim que abracei ela, já diante do nicho da família da Lídia.

"Nem fala nisso."

Uma vez eu li, acho que nas memórias do Paulo Francis, que meu pai me recomendou com tanta ênfase que eu nem pensei em recusar, que as mulheres nos dão a vida, e por isso elas sabem, melhor que ninguém, como nos encaminhar na hora de sair da vida, na hora de lidar com o fim da vida, com a morte. A Ana Paula certamente estava nesse caso; com ela por perto, a morte parecia menos capaz de acabar com a gente.

"Eu tenho um compromisso agora no almoço, uma outra super-amiga minha, mas que tal a gente se ver de tarde, lá na Feira?"

"Ana Paula de deus, beleza total. Eu *súper* gostei da idéia. Nos vemos lá. Mesmo lugar, mesma hora?"

"Fechado. Na Feira, às 4, por simetria."

Ela disse isso e saiu para perto da mãe da Lídia, que estava pálida, caída, murcha. Muita gente, muita gurizada, o pessoal da tevê em peso ali, todos os colegas. Depois que a Ana Paula saiu é que eu percebi, pela súbita ausência dela: cheiro de banho recente, tomado pouquíssimo tempo antes, naquela manhã.

"Tchau, Lídia, valeu, a gente fica por aqui" – foi o que eu pensei, meio choroso, quando comecei a caminhar, indo embora, pelos corredores do cemitério. Cemitério lindo, o São Miguel e Almas. Olhei já de longe para trás, para o carinha que vedava os lados da tampa do nicho, um senhor pobre, com emprego mas pobre, que já devia ter tampado sabe-se lá quantos milhares de túmulos, e saí.

Capítulo 10

Em vez de passar pelo lado das putas, cheguei pela Caldas Júnior, dessa vez. Deixei o carro numa garagenzinha conhecida e rumei para a frente do MARGS. Faltavam uns vinte minutos para as quatro da tarde e por isso eu esperava ter que esperar pela minha ponte, a amiga daquela com quem eu teria me encontrado no dia anterior. Cogitei demorar mais na banca da L&PM, pra ver se tinha *pockets* em oferta, segui adiante até a banca do Gustavo Ventura, meu amigão, gente boa, mas nada me deteve; resultou que cheguei no ponto com antecedência inusual para a minha pontualidade, e, surpresa, lá já estava a Ana Paula. Ela tinha dado um jeito de ao mesmo tempo se misturar com a multidão e se colocar fora do fluxo contínuo de gente. Nos abraçamos com mais carinho do que às 4 da tarde do dia anterior, porque, afinal, nas últimas 24 horas nossa amizade tinha realmente ficado muito mais estreita do que jamais fora.

Ela se soltou do abraço, tirou de dentro da bolsa um envelope pardo de meio-ofício e me estendeu a mão.

"Toma. Imprimi hoje de manhã pra ti. Eu prefiro ler em papel, achei que tu também."

"O que é?"

"Um e-mail da Lídia pra mim, quase todo ele falando de ti. Achei que cabia te mostrar. Faz mais ou menos um mês que ela me mandou. Foi naquele fim-de-semana em que ela foi pro Rio, lembra? Uma cobertura, a chegada não sei de quem, ela foi fazer a produção para a tevê."

"Lembro. Não sei se eu quero ler isso. Ela deve me detonar aqui nesse e-mail."

"Não é bem isso, não. Ela não te detona, ela... Ah, se tu não quiser deixa pra lá, ou lê outra hora. Eu só pensei que podia valer a pena, mas de repente não."

Fomos até o bar, a praça de alimentação. No caminho encontrei casualmente dois amigos do meu pai que eu chamo de tios, o tio Cajo e o tio Alceu, queridas figuras. Tinha pouco lugar vago, mas rolou uma mesa vazia, só tive que procurar uma cadeira a mais. Sentamos e eu imediatamente comecei a ler o e-mail impresso em papel; a Ana Paula foi comprar alguma coisa pra beber.

Aninha, minha queridinha, que saudadinha de tizinha.

Aqui no Rio é aquilo: nada de descanso, um stress total pra deixar tudo no lugar pra gravação. Vai ficar legal, no fim das contas. Ninguém sabe o saco que é agüentar estrelas, estrelinhas, candidatas ao estrelato, mais os agentes e os assessores de imprensa de toda essa gentalha. Deve meeeeesmo estar faltando emprego pra jornalista, pela quantidade de esqueminhas que o pessoal tem que arranjar pra descolar grana. Eu bem empregada, thank God, toc, toc, toc.

Nem vi nada da rua, mal sei que tô no Rio de Janeiro, e só tenho certeza mesmo porque na chegada, do alto do avião, não tem como não ver o recorte da baía da Guanabara, o Pão de Açúcar, a praia, a paisagem. Na vinda do aeroporto, aquele horror das favelas tomando conta. Onde não tem pedra tem favela. E mesmo assim o Rio é cheio de verde. Como é que pode? Que cidade linda e misteriosa essa.

Liguei pra minha tia aquela que mora em Copacabana, bem na pontinha do bairro. Mas não deu pra ver ela ainda, e talvez nem dê.

Mudando de assunto: queria te pedir um favor, de irmãzinha. É um negócio meio dãaã, meio ruim, que nem sei se tem cabimento pedir, mas tu é minha mais querida amiga neste mundo, tu sabe, não sabe?

O que é, o que é?

É que eu tô apaixonada, apaixonadésima, enlouquecida de tesão e talvez de amor!!!!!!!!! Quero morrer nos braços dele!!!!!!!!!!!!!!!!!!!!!!!!!!!!!!!!

Tá, mas tu não entra na parte da paixão, tu entra na outra. Eu vou contar tudo pro Benjamim – porque claro que o meu gato não é ele, a minha paixão é outra, é o Lô, sabe ele, colega aqui da tevê? Acho que o Lô dele é de "lôco", não de Marcelo, como ele se chama no papel. Louquíssimo por mim. Ele é muito dez, muito tudo. E o Benjamim, tu sabe, o nosso lance nunca foi paixão, mas acabou ficando uma historinha bem comprida, e até legal, mas sem amor assim tipo amor mesmo, entende?

Eu não quero que tu faça nada com ele, não é pra tu procurar ele nem coisa assim. Só quero que tu fique por perto. Assim que eu chegar eu vou falar com ele, ele até já deve saber, pelo menos ele deve calcular, eu já quase deixei de ir na casa dele, tudo esfriou na nossa história. Tu ficando por perto a coisa se aquieta, em primeiro lugar pra mim, e em segundo lugar pra ele. Ele eu sei que te admira bastante, porque ele já me falou. Bom, e eu nunca parei de falar de ti pra ele, entende como é, né? Tipo amiga-irmã como nós, não tem como.

Entendeu? Eu sei que pode parecer confuso, aliás, é meio confuso mesmo, mas não é nada que a humanidade não tenha visto acontecer um zilhão de vezes: uma paixão total, como o Lô, que acaba de vez com um namorinho assim-assim, como o Benjamim.

Te amo, como sempre. Fica esperta. Eu volto segunda, no máximo terça.

Ah, sim: e como anda o námor-Ado? Te cuidando bem? E tu dele?

Saudadesíssimasssssssssssssssss

L

Capítulo 11

A Ana Paula retornava com dois sucos na mão, um de laranja e outro de limão, um amarelo e outro verdinho.

"Qual tu prefere?"

"Eu imaginava que tinha um cara na jogada, só não sabia o nome da peça. *Lô*, que troço ridículo, sinceramente..."

"Ela não teve tempo de te dizer isso, ou não teve coragem, ou talvez até já andasse pensando em desistir do Lô, tu sabe como ela era, mudava por qualquer motivo."

"Não faz diferença, agora. Ela igual tá morta. Descanse em paz, pequena cretina Lídia."

O que não ficava claro no meu sentimento eram duas coisas: se eu estava sentindo algum tipo de ciúme da Lídia, primeiro, e segundo se tinha cabimento a Ana Paula me trazer aquele e-mail tão assim, na carinha.

"Por que tu me trouxe isso assim, na carinha?", perguntei, mostrando o papel pra ela.

Ela levantou os ombros e deixou cair os ombros, com uma respirada profunda e um suspiro igualmente profundo. Os ombros dela, por sinal, estavam nus, quase nus: ela vestia uma dessas blusas de alcinhas. Ombros bonitos, com aquele arredondado na medida, nem tanto que impeça a visão da estrutura dos ossos, nem tão pouco que deixe a impressão de secura.

"Não sei direito, mas acho que é melhor a verdade, toda de uma vez, sempre. Já me dei mal fazendo diferente e acho que assim todo mundo se recupera mais rápido."

Bem nessa hora vejo entrando na área da praça de alimentação o Arthur de Faria, que é um cara que admiro muito, sempre escuto o Cafezinho por causa dele e do pessoal todo. Ele falava sem parar com o Boca, que eu conheço de fama, um tremendo baixista. Já vi o Boca tocar rock de verdade e Mozart, mas sem rejeitar um vaneirão. O Boca e o Arthur tocam juntos, tem umas músicas tri criativas deles, eu nem gosto muito mas me divirto. Sentaram na mesa do lado. E eu ouvi ele dizer: "Agora de homem velho sem filho só tem o Alvinho, sabe, né, o Álvaro Magalhães. E ele já tá providenciando." Desejei sorte pra o Alvinho, na hora, só de ver o entusiasmo do Arthur, que não parava de falar.

A verdade de uma vez só, para se recuperar logo. Pode ser. Me passou outro pensamento pela cabeça: eu tive muito prazer com a Lídia. Muito mesmo. Ela gostava de namorar, de transar, tinha um corpaço e fazia uso dele com grande talento.

"Foi ela que quis me namorar, por primeiro. Eu conheci a Lídia num churrasco na casa do Serginho, sabe, né? Ele era meio o chefe dela na tevê, eu acho, ou lá na empresa. Eu dei uma carona pra ela, na saída, e na frente da casa da mãe dela, onde ela morava ainda, ela desceu do carro meio dengosa, a gente tinha se beijado antes de ela abrir a porta, aí ela larga aquela frase, para mim totalmente novidade: *Eu não tinha pensado em dormir sozinha esta noite.*"

"Ela sempre foi meio de tomar a dianteira, desde a adolescência."

"E claro que eu respondi *Bueno, não seja por isso, vamos lá pra casa.*"

"Por que *claro*? Tu não podia ter dito outra coisa? Não podia ter dito algo como *Mas a gente nem se conhece direito*? A tua resposta foi tipo *Macho não rejeita fêmea*, algo assim?"

"Algo assim, algo assim. Não tinha como rejeitar o lance, ela é tri gostosa. Era."

Conversa que não se tem com mulher, em geral. Eu me dei conta que era meio grosseiro fazer aquele papo assim que terminei a frase. Ou era inoportuno. Ou era um equívoco, no fim das contas: porque estava começando a me passar pela cabeça a hipótese mais óbvia de todas, que podia ter me ocorrido uma meia hora antes, ou no dia anterior: a Ana Paula podia ela estar interessada em mim. Seria? Seria dessa recuperação que ela tava falando, ao me dar aquela verdade da Lídia de uma vez, na bucha, diretamente?

Bem que parecia uma ponta de ciúme da Ana Paula a reação dela sobre o meu relato a respeito da primeira noite minha com a Lídia.

"Eu fiquei de me encontrar com um amigo meu agora."

Ela disse isso num jato só, como querendo se livrar da conversa e de mim ao mesmo tempo. Já tinha levantado, colocado a alça da bolsa no ombro, sobre a alcinha da blusa. Outro suspiro, misturado com tédio e indignação.

"A gente se liga, Benjamim."

"Peraí, peraí. Eu queria te falar, a gente podia ver uns livros, tem um autógrafo do Santiago agora que eu queria pegar, esse livro novo dele, o *Conhece o Mário?*, sabe, o Santiago, o cartunista?"

Essas misturas de amizade com namoro, amor, paixão, tesão nunca dão certo comigo. Ela sorriu e saiu caminhando na direção da área internacional da Feira, por trás do MARGS.

Capítulo 12

Eu tinha uma pá de coisa pra fazer por ali, a começar pela ida ao barbeiro. Eu sempre vou no mesmo, o Santos, que tinha recém-inaugurado uma nova barbearia, que ele ainda chama pelo nome antigo, "salão", ali na Ladeira; agora era proprietário do negócio, antes ele era associado a um salão de outro dono. Tinha ficado de comprar um livro para o aniversário da minha mãe, e já tinha em mente um álbum muito bonito sobre a história do Chalé da praça XV, que tinha sido lançado pouco tempo antes. Mas fiquei meio parado, meio tanso, sem saber pra que lado ir, estupefato pela saída tão rápida da Ana Paula.

Resolvi sair caminhando à toa. Na Feira é a melhor coisa pra fazer. Ficar indo pelo movimento, peruar os livros, mexer num e noutro, dar uma olhada nos sebos. Eu já tenho livro pra burro em casa, e sempre compro mais. No meu caso não tem jeito, porque eu preciso, dou aula disso, meu mestrado depende disso. Se fosse depender das bibliotecas públicas ou lá da faculdade, já era.

Andei nem cem metros e um tio meu me encontrou. Tio emprestado, não de sangue, mais um tio desses que a gente vai acumulando ao longo da vida. Tio Teodoro. Ninguém mais se chama assim, Teodoro. O meu nome também é raro, mas o dele ganha. É um sujeito tri leitor, mas tem o defeito de ser um saudosista total. Pra ele, bom sempre é o que já foi e não é mais. Um saco, depois de dez minutos de conversa.

Mas nos dez primeiros ele costuma ser legal, eu pensei. Abracei ele, ele me saudou com entusiasmo.

"Eu tinha te visto de longe com uma moça, muito bonita, por sinal. A namorada?"

"Não, tio, uma amiga."

"Vou te dizer uma coisa: ela tem o perfil da Nefertite. Sabe a Nefertite?"

De onde é que ele tinha tirado essa da Nefertite?

"Sim, sei."

Eu queria me livrar logo do tio Teodoro, mas como sempre ia ser difícil. Ele queria assunto.

"Como cresce esta Feira, meu caro Benjamim. Cada ano mais barracas, cada ano mais a Feira se espalha, tentacularmente. Agora essa novidade de ir para a beira do velho cais. Ano que vem vão botar barracas dentro do Guaíba, pelo jeito!"

"Mas o senhor não gosta disso? O pessoal tá adorando. O senhor não fala sempre do rio, da saudade do rio, e contra o muro, que tirou o rio do cotidiano da cidade, tudo isso? Pois então. A Feira tá recuperando a beira do rio, na prática."

"Não é rio, é lago. Certo, concordo, mas tem gente demais, livros demais..."

Eu acho um tédio gente que acha que o passado era melhor e que acha que o Guaíba tem que ser rebatizado para lago. Lago só se for lá pra adiante, para o lado sul. E mesmo se for tecnicamente chamar de lago, porra, gerações e gerações chamaram de rio, ele já foi cantado de todos os modos como rio, até o estádio do meu time se chama Beira-Rio, pra que mudar? Quero dizer: pra que esse purismo que vai contra a história dos costumes, longamente sedimentados? Vai ver, esses que querem mudar de rio para lago vão fazer uma campanha pra renomear a lagoa dos Patos, que tecnicamente é uma laguna, ou vão pressionar os platinos para chamarem o rio da Prata de estuário. Vão se catar.

Eu queria muito que o tio Teodoro fosse se catar, igualmente. E o que me incomodava mais era o fato de ele ter pensado que a Ana Paula era minha namorada. Namorada e com cara de Nefertite, olha só.

"Tio, tô indo nessa, tô precisando ver uns livros aí, não me leva a mal."

"Juventude, sempre com pressa. O tempo acaba nos alcançando, não adianta", ele disse, meio rindo. Cheio de frases, o tio Teodoro. Um bom cara, eu tenho que reconhecer.

Abracei ele de novo, mais incomodado do que apressado, e me lancei em direção às livrarias, aquelas do meio da praça em direção ao Banrisul. Não sei por que mas eu prefiro aquele lado. Fui procurar a edição nova do *Literatura e sociedade*, um livro clássico do Antonio Candido, professor que para mim é "o" guia em matéria de crítica literária e história da literatura. O meu mestrado é sobre isso mesmo, história da literatura, que é um assunto que parece interessar pouco hoje em dia, mas enfim.

Quando chego na frente da Terceiro Mundo, uma das livrarias que freqüento por causa do Vítor, velho parceiro, eu levei um choque, metaforicamente falando: enxerguei a Ana Paula, abraçada com um cara.

Capítulo 13

A primeira coisa que fiz foi tirar os olhos dali, como se eu tivesse visto uma cena proibida, ou uma cena tão dura que expulsasse o meu olhar sensível. A Ana Paula abraçada com um cara! Umas imagens começaram a girar na minha cabeça: ela me dando a notícia da morte da Lídia, eu abraçando ela no enterro, ela me estendendo a mão com um papel contendo a cópia daquele e-mail que me detonava, ela irritada com a minha imperícia de falar que a Lídia era gostosa e irresistível, agora ela abraçada com o carinha.

Retornei conscientemente o olhar para ela, para eles, que estavam acabando de desfazer o abraço. Ainda unidos pelos braços mas já com os peitos afastados um do outro, os dois se olhavam: ela com o rosto virado pra cima, ele com o rosto voltado pra baixo, os dois sorrindo. O cara era alto demais pra ela, eu pensei. Mas quem era eu pra decidir sobre altura de namorado da Ana Paula?

E quem é que estava falando de namorado?

Preferi que ela não me visse, e saí andando rápido, o que era meio difícil porque a multidão começava a se formar, mesmo sendo um dia de semana, quando em geral a Feira é mais transitável. Gente parada em lugar que não devia, uma senhora repartindo o cabelo de uma criança com toda a paciência do mundo, um casal de góticos ou darks ou sei lá que nome tem a moda preta deles, num beijo cinematográfico, um gordinho comprando um saco de uns 5 quilos de pipoca doce, gente, gente, gente que não acabava mais. O caminho estava tão atravancado que resolvi retornar para o centro da praça, porque naquela direção dava ao menos pra caminhar. Chegando no miolão da praça, resolvi ir até o Memorial, caminhando sem pensar, sem respirar direito, com pressa e sem muita consciência.

Entrei no prédio pela porta do térreo, na Sepúlveda, ao lado do novo pavilhão de autógrafos. O corredor baixo, logo a uns metros da porta, abrigava uma exposição de fotos da cidade: uma antiga ao lado de uma recente, do mesmo ângulo, do mesmo assunto, ou quase. Um painel interessante da cidade. Porto Alegre é um lugar que tem história, e isso é uma sensação boa de sentir. Tinha foto de várias partes da cidade, bairros, praças, incluindo a praça da Alfândega, ali mesmo onde eu estava.

Fiquei pensando na minha bisavó, que eu não conheci mas que, pelo que me contaram, tinha um grande gosto pela história da cidade. Ela nasceu em 1903, por aí, e foi enfermeira voluntária na revolução de 1923, aqui mesmo na capital. Meu pai me contou que a vó Ziloca tinha dito pra ele que ela trabalhou num hospital improvisado ali perto da praça XV. Feridos pela cidade, sendo socorridos. Parece coisa de filme.

Mas nem as fotos, nem a lembrança da vó Ziloca livraram meu coração de retornar à cena da Ana abraçando o marmanjo aquele. Merda. Por que é que a gente é assim? Por que a gente se apaixona?

Se apaixona?

E por acaso eu estava apaixonado?

Pela Ana Paula???

Saí dali pronto para fugir, procurar um ar qualquer. Atravessei a última quadra em direção ao pórtico de entrada do cais e fui até a beira do rio (*lago* um catzo): muita criança, turmas de escolas, barulho, movimento; mas o que me interessava era o rio mesmo, a água, o desenho do outro lado, a outra margem. De lá pra cá, eu pensei, a gente vê o perfil da cidade, os bicos dos edifícios, o desenho do morro do Moinhos de Vento, as igrejas, o cais do porto, o tal do *skyline*, o perfil da cidade contra o céu, mas daqui pra lá a gente não vê nada de muito notável. Ou vê, só que não sabe dar valor? E como seria essa parte da cidade quando o porto era economicamente ativo? Como era ficar vendo chegar e partir barco de tudo que era jeito, a toda hora? O bisavô de um amigo meu, o Homero, trabalhou no cais, ele me contou. Como deveria ser a cidade da época?

Nada me acalmava, nem o rio, nem a memória. Saí mais uma vez rápido, para pegar o carro e me enfiar em casa, quieto no meu canto. A Ana Paula que fizesse bom proveito daquela companhia estranha.

Capítulo 14

Resolvi andar no rumo da Zona Sul, embora eu more ali no Bom Fim. Nunca morei na Zona Sul, e talvez por isso mesmo eu admire tanto aquela parte da cidade. Desde que tirei carteira, eu sempre dou um jeito de passar uns momentos vendo o rio, andando pela beira dele. Gosto imensamente de estacionar o carro em Ipanema e sentar em um daqueles bancos, ou de ficar caminhando e olhando para a água.

Saí sem meditar tudo, aliás sem conseguir entender as coisas que me passavam pelo coração. Assim que cheguei na curva da Usina me deu uma grande vontade de parar por ali mesmo, descer do carro, olhar para a paisagem. Era já horário de verão, de forma que o fim do dia parecia mais comprido, o sol ficava uma imensidade de tempo se pondo. Carioca não entende por que é que nós aqui em Porto Alegre gostamos tanto de pôr-do-sol, e eu entendi essa diferença uma vez que passei uns dias lá na antiga capital brasileira: no verão ou no inverno, o sol deles cai instantaneamente, sem o ritmo solene que tem aqui e que deixa a gente perceber e admirar sua ida. Já o nosso sol, aqui no paralelo 30 Sul, é mais generoso: fica se exibindo, com volúpia, tingindo tudo dc amarclos, laranjas, vermelhos e, prestando bem atenção, lilases. É como um segredo nosso, de porto-alegrenses, amar essa lentidão que fulge e desmaia com majestade, o sol no rio. (*Lago* lá na casa dos puristas.)

Mas a Usina era pouco para a minha fome de não-sei-o-quê, um desejo forte de respirar fundo, de olhar paisagem ampla. Tanta coisa estava acontecendo. Tanta coisa? Tanta coisa. A luz do sol, enquanto meu velho Escort escorregava silencioso pela avenida Beira-Rio, batia na lateral do carro e alcançava de revesgueio o olho, entrando como que através das pálpebras. Eu sentia a força do sol no meu nariz. Era luz, era calor, mas era cenário também, como se eu estivesse sentindo aquele troço difuso pelo corpo e pela alma ao mesmo tempo em que eu me via de fora, lá de cima, como de um daqueles engenhos de filmar, aquelas gruas. Eu era simultaneamente o protagonista e o observador da minha tristeza.

Tristeza?

Era. No que passei pelo estádio do meu time, por trás dele, um idiota me ultrapassou com a mão enfiada na buzina. Tive vontade de puxar uma quarta, talvez uma terceira, e ir atrás dele, pra xingar aquele trouxa, mas nem para isso tive gana suficiente. E me fui: passei pela obra quase pronta do museu Iberê Camargo, que é uma espécie de fortaleza afrontando um rio que é manso e nunca vai atacar, depois pelos fantasmas do antigo estaleiro Só – sempre pensei que era um bom nome para estaleiro e para barco, imagina saindo dali uns barcos que se chamassem *Só I*, *Só II*, *Só III*, uma infinita sucessão de barcos solitários pelo Guaíba afora, sempre rimando barco, rio e solidão –, fui pela parte da frente do Hipódromo do Cristal, por onde sempre me assalta a sensação de que aqueles miseráveis da vila vizinha poderiam ser tão felizes se tivessem casa boa na beira da maravilhosa baía que tem ali.

Passei pela entrada do Veleiros, segui por dentro da vila Assunção, passei pela frente do SAVA, e mais uma vez pensei em estacionar, porque aquela prainha ali é simplesmente o máximo de beleza, de calma, de delicadeza.

Mas fui adiante, ultrapassei a Tristeza – o Só, a Tristeza, só faltava chamar o ponto seguinte de Depressão, Melancolia ou algo assim –, desci a sinuosa lomba da Pedra Redonda e finalmente parei o carro em Ipanema. Que troço lindo aquela praia. Que maravilha olhar o horizonte aberto, com aquela discreta mas envolvente água batendo ali como se sempre quisesse embalar um sono, sem acordar ninguém. Que porra de história torta a nossa cidade tem que nos tirou do convívio com essa abençoada água. Por quê?

E se eu tivesse um barco, um barquinho só, um barco Só, que andasse por essa água adiante, entrando na lagoa dos Patos, explorando as baías encantadas que há por ali, retornando depois para uma parada de horas em Itapuã, ou na praia do morro do Coco?... E se eu pudesse ficar ali até amanhã, até depois, até sempre?

Pensei que era preciso dar um jeito urgente de tratar de morar ali, na beira do riozão, de reforçar minha convicção de fazer a minha parte na luta pela recuperação dele, pra todo mundo poder aproveitar mais essa bênção do Acaso, que nos pôs aqui, ele e nós. Meu pai me contou que tomava banho no Lami e mesmo em Ipanema, quando era guri. As famílias passavam férias aqui, um tempo atrás. Quando poderemos voltar a fazer isso?

Voltei pro carro triste, carregado, mas com aquela paisagem nos olhos. Tinha que cair fora, porque a chegada da noite tornava perigoso aquele paraíso, por essa perversa mistura de falta de emprego, desvalorização da educação, canalhice dos de cima e violência dos de baixo, que nos deixou reféns das ridículas grades de nossas casas e edifícios, do nosso medo.

Capítulo 15

Em casa, a noite parecia ainda mais intensa do que na beira do rio. A morte da Lídia me voltou de um modo forte: uma mulher, que tinha estado ali mesmo onde eu estava, na mesma sala, no mesmo quarto, na mesma cama, tinha morrido. Eu tinha gostado dessa mulher, e meu sentimento agora era um vapor, uma névoa, um suspiro do tempo. Nada mais daria vida a um episódio, a um tempo que eu sinceramente tinha vivido, ou melhor, que eu tinha vivido sinceramente. Uma coisa dessas pode acabar? Se pode acabar, como começou?

Perguntas sem tamanho nem forma. Vai ver, foi por isso que a Ana Paula reapareceu na minha cabeça, no meu coração. Ciúme pode ser um sintoma de gosto, de paixão, mas pode ser uma bobagem adolescente. Ciúme de um cara maior que eu, que abraçou a Ana de um modo esquisito: os braços dele pareciam alcançar os joelhos dela, de tão compridos, uma coisa desproporcional. E tinha também o aspecto mais terrível de toda a cena: *ela* parecia estar muito entregue para aquele abraço. Ela estava feliz. Ela tinha aconchegado a cabeça no peito dele – pelo tamanho da figura, deve ter sido na barriga dele, aliás.

Resolvi ligar pra ela. Localizei no meu celular o número dela e meti bronca. Esperei. Caixa de mensagens. O recado era estranho, muito estranho. Era uma voz totalmente sedutora, mais do que acolhedora; era quente, envolvente, e dizia assim: "Oi. Se eu não atendi é porque eu tô no ensaio. Mas não desiste, espera um pouco que eu te chamo de volta em seguida. Beijo."

A Ana Paula, aquela guria calma e decidida, serena e inteligente, era capaz de um papelão como aquele? Que troço vulgar. Qualquer um que ligasse receberia aquela quase cantada? Fiquei puto comigo mesmo por ter cogitado ligar pra ela. Eu realmente era um paspalho. Não deixei recado nenhum.

Tomei um banho, finalmente, comi qualquer coisa e fui preparar as aulas para o dia seguinte. Uma pilha de provas me esperava, para a correção. E uma penca de redações também. Quem não é professor de português, de redação, não imagina quanto custa a correção. Cada um que escreve um texto se imagina único, e de certa forma é mesmo único, no momento de escrever e no momento da leitura. Se o professor demora para entregar aquela pilha de textos, ele é visto como relapso, mas ninguém pensa na força que a gente tem que colocar em cada leitura, de cada texto em particular: a gente precisa entrar por assim dizer na intimidade do autor, ultrapassar suas limitações de escrita, entender o que está escrito e o que não está, o que está sugerido e o que talvez o autor gostasse de fazer o leitor entender, tudo isso acrescido da atenção que a gente tem que ter para o conjunto complexo das normas da escrita culta, normas que o tempo todo a gente tem que mobilizar para avaliar se naquele específico momento cabe a vírgula ou não, se naquela altura o pronome mais adequado era esse mesmo ou não. E depois, na hora da entrega, cada aluno ainda quer que, em particular, o professor lhe dê a chave para entender o que se passou naquele texto e para prognosticar o melhor caminho para o redator melhorar sua capacidade de escrita. Isso quando o carinha não fica ali esperando como quem pede que o professor resolva a vida dele, toda. É jogo duro.

Não resisti e liguei de novo, nem tinha passado meia hora. Surpresa: ela atendeu.

"Benjamim, tudo bem?"

Eu não sabia se devia ser gentil ou um cavalo.

"Tu te oferece daquele jeito para qualquer um que te liga, guria?"

"Que jeito? Que qualquer um?"

"O recado do telefone, *Não desiste, espera um pouco que eu te chamo de volta.* Isso é coisa que se deixe gravado para qualquer um que te ligue?"

"Era pra ti o recado, Benjamim. Tu não sabia que tem serviços bem interessantes nos celulares hoje em dia, como esse de deixar um recado para um número específico?"

Eu não sabia. Sinceramente achava que ela tava dizendo aquilo para qualquer um.

E não era mesmo pra qualquer um? Ela não estaria me mentindo com aquela onda de recado para um número em particular? Eu não era qualquer um, então?

Foi quando eu percebi duas coisas: que eu estava com uma desconfiança de ciumento mesmo, e que eu tinha gostado imensamente de ela ter deixado aquele recado só pra mim, exclusivamente pra mim.

"Não existe esse serviço, Ana Paula, não me mente."

"Tá bom, então eu deixei o recado para qualquer um que se chame Benjamim, que tenha o mesmo número do teu celular e que estiver precisando falar comigo. Satisfeito assim?"

A Ana Paula era melhor do que eu pensava.

Capítulo 16

Eu queria era perguntar quem era o cara, o grandalhão do abraço na Feira, mas não tive jeito, ou coragem. Nem era o caso, não fazia sentido. Eu não tinha nem o direito de perguntar aquilo. E mais: ela tinha falado em "precisando falar com ela"; mas como é que ela podia saber que eu precisava falar com ela? Como? E eu precisava mesmo falar com ela? O que é que eu precisava dizer? Recompus a sucessão dos fatos para não me entregar: eu não ia dar mole pra ela de querer saber do mangolão, nem para pedir penico confessando que eu queria mesmo, precisava *mesmo* falar com ela.

"É que tu saiu correndo lá da Feira, lá do bar, e eu fiquei sem saber se tu tinha ficado puta comigo, se eu fiz algo de errado... Ou se tu tinha compromisso com alguém... Com algum cara..."

Eu tinha falado no cara. Bundão que eu sou.

"Tu diz o Ado?"

Ado???

"De quem tu tá falando, guria?"

"É que eu vi que tu me viu ali com o Ado. Eu te vi indo numa direção e depois voltando, por sinal não entendi direito, mas enfim."

"Não, nada a ver. Nem sei que é Ado, Ve-Ado ou Abilol-Ado, nem quero saber. Eu ia te perguntar se tu quer almoçar amanhã ou depois. Sei lá, bater um papo."

"O Ado se chama Eduardo. Ele era meu namorado até um mês atrás. Sabe como é, um namoro daqueles meio arrastado, que por mim já teria acabado pelo menos no verão passado. Quanta rima em *ado*, né? Enfim, ele é um cara legal..."

"E sobre o almoço? Se for sem o Ado eu agradeço", eu cortei.

Ela riu de um jeito bom, relaxado.

"Ah, Benjamim, tu é muito engraçado."

"Topa ou não topa?"

Sim, ela topava. Marcamos para o Foyer do teatro São Pedro, que é um lugar legal, com comida bem bacana e não é tão caro. Além disso, tinha a vantagem de ser ali, bem pertinho da Alfândega, de forma que em seguida a gente podia ir pra Feira, aproveitar – pelo menos eu poderia aproveitar, já que tinha a tarde livre.

Mas uma coisa me grilou: antes de a gente se despedir, ainda falando ao telefone, ela me veio com uma conversa estranha.

"Que bom, vamos nos ver amanhã, daí eu posso te passar um ensaio que eu tô terminando de escrever, a minha monografia de conclusão do curso. É sobre o Bruno Kiefer, sabe? Um cara superinteressante, uma vocação de historiador mas também compositor, ex-professor lá da faculdade. Pena que eu não conheci ele. Posso te pedir pra dar uma lida no meu texto?"

Senti duas coisas: felicidade por ter marcado o encontro para logo, frustração completa por imaginar que o que ela queria de mim era profissional, ou talvez pior ainda, nem profissional, mas um favor. Professor de português sofre até nisso: os amigos acham que ele tem pouca coisa pra fazer na vida, ou não imaginam o quanto a gente trabalha, e se consideram no direito de pedir como favor a revisão de 80 páginas. Dá um trabalho do cão, mas eles acham que é assim, um passeio. Dá vontade de pedir para cada um, de volta, um favor do mesmo tamanho.

Mas não adianta, ninguém se dá conta que revisar um texto dá serviço e que deveria ser pago, até para parente. A Ana Paula seria mais uma a fazer a mesma barbaridade. E eu, pateta, imaginando que ela queria algo comigo, que poderia quem sabe se interessar por mim. Ela queria era meu serviço, de graça, mediante um carinho de amiga.

Desligamos e eu demorei pra relaxar, pra dormir, pra parar de pensar. Simetrias da vida, proporções do acaso: a Lídia queria acabar comigo e a Ana Paula queria acabar com o mangolão; a Lídia morreu antes de me dizer isso e a Ana Paula se abraça com o cara, aparentemente tendo terminado com ele. Vá entender uma mulher.

Capítulo 17

Liguei o celular assim que saí do colégio, no fim das aulas daquela manhã, para ver se tinha recado, para retomar os contatos, principalmente pra ver se a Ana Paula não teria me deixado uma mensagem desmarcando a ponte para o meio-dia. Eu andava meio espinhento, sem namorada, e mais que isso sem amar uma mulher, sem investir afeto e convivência numa relação que pudesse me levar para a frente. Meus 25 anos me diziam que estava chegando a hora de fazer alguma coisa de mais duradouro. Nem sei se era pra casar ou algo assim, mas uma história que fosse aquela ideal mistura de tesão, companheirismo e gosto por estar junto, com um olho posto no futuro.

Por aqueles estranhos dias, tinha me dado conta de duas coisas: que a Lídia já era, em todos os sentidos – quero dizer, para além do fato óbvio de que ela tinha morrido, ela já antes não preenchia essas expectativas para mim –, e que a Ana Paula era uma mulher bem interessante. O que eu sabia dela já era suficiente para imaginar conversas que valeriam a pena, ela me contando de estudar flauta na Argentina, eu contando pra ela meus lances do mestrado, ela me mostrando como ouvir música direito, eu dando uns toques pra ela sobre literatura. Eita, maravilha que podia ser.

E ela era jeitosa pra burro. De corpo, parecia bem legal, bem estimulante. De cabeça, claro que era interessante, imagina. Só faltava saber cozinhar, nem que fosse um pouquinho, ao menos tanto quanto eu, que não sou totalmente inútil numa cozinha e tenho total convicção de que mulher que gosta de cozinhar é que vale a pena, especialmente no campo do sexo. E faltava, naturalmente, gostar de mim. E poder ganhar algum salário decente, porque enfim a vida real exige.

Sim, tinha mensagem. Tremi, porque ela podia ter dado pra trás. Liguei e, claro, a voz dela saiu daquela maquininha misteriosa.

"Benjamim, sou eu, a Ana. Não vai pensar nada de errado, mas eu não vou poder almoçar contigo. Precisei marcar uma hora e o sujeito só tinha ao meio-dia, exatamente. A contraproposta é: na Feira, às 4 da tarde. Ali mesmo, na frente do MARGS, onde a gente se viu naquela tarde ruim. Mas agora vai ser bom. Se tu topa, nem me retorna. Te vejo lá. Beijo, atenção: beijo pra ti, Benjamim, só pra ti."

Isso e uma risada simpática, não mais que simpática. É duro o cara estar interessado numa mulher. Quando ela sabe, pode ter certeza que ela sacaneia, te

81

dá gelo, demora, faz onda. Mas não me restava outra alternativa a não ser aceitar as novas condições.

Almocei num boteco fuleiro e zanzei pela praça. Fui até a área infantil, só pra conferir. Surpresa: lá estava, metido numa atividade com dezenas de crianças, um dos meus músicos prediletos em Porto Alegre, o Frank Jorge, um cara criativo que eu admiro muito. Tenho cd pirata de tudo que ele gravou, desde o tempo da Graforréia.

Umas quinze pras quatro, adivinha onde é que eu estava?

Ela chegou em seguida, com um sorriso que mostrava a alma dela toda. E de cabelo curtíssimo, lindo, que deixava o porte dela ainda mais elegante, a cabeça mais vistosa, os ombros mais sensuais. E parecia mais alta, fora de brincadeira. Que mulher. Pensei duas coisas: que ela realmente tinha tido uma hora marcada para o meio-dia, e tinha sido no cabeleireiro, e que agora era tudo comigo.

"Cadê o tal do texto pra eu revisar?"

"Como *pra revisar*? Eu não quero a tua revisão: eu quero a tua leitura. Me garanto bem no texto escrito, modéstia à parte. E minha mãe revisa maravilhosamente bem o que eu escrevo. Toma. Ou melhor: espera um pouco. Tenho uma proposta irrecusável: vamos já, imediatamente, para a beira do cais, porque eu comprei ingresso pra gente dar uma banda de barco, no velho Guaibão. Não aceito *não*."

Me pegou pela mão e não largou mais, nem quando paramos lado a lado para atravessar a Mauá, um movimento medonho. Entramos no barco, coisa que eu sempre tinha vontade de fazer mas nunca tinha tomado a iniciativa de realizar.

A tarde, pra variar, era uma daquelas jóias da primavera na cidade: o velho rio (*lago* é a *planfa* que o pariu), sol claro, requebros de pedaços da luz do sol em ondinhas na água que de tão linda dava vontade de nadar, ar limpo, cores por toda parte, uma infinidade de verdes do lado das ilhas, e do lado da cidade os prédios começando a ganhar aquela linda luz enviesada que só no paralelo 30 Sul existe. Nós estávamos sentados lado a lado, na parte de cima do barco, ela do lado de fora, perto da amurada, eu do lado dela, encostando a perna na perna dela e cheirando aqueles vapores que saíam do corpo dela, da cabeça dela, de toda ela.

O barco deslizava, enquanto eu cogitava que tinha que dar uma olhada no texto, porque afinal ela tinha posto ele no meu colo assim que a gente sentou. Pensei que, para dar um ar de normalidade, eu deveria me concentrar no texto, nem que fosse por um minuto, o que, pensando bem, não fazia o menor sentido. Eu não conseguia sequer abrir a capa do trabalho.

No que eu ia dizer alguma coisa, pra poder engatar uma conversa que fatalmente seria uma confissão minha de interesse, paixão, tesão, amor, toca a porra do celular dela. Vi pelo canto do olho que ela murchou, talvez percebendo que eu ia começar a falar a tal alguma coisa. Ela atendeu num safanão, com um giro de corpo para o lado da água, como querendo esconder o telefone de mim, eu ainda ouvi "Fala, Ado", e tratei de abrir as primeiras páginas do trabalho dela – e vi, de cara, uma dedicatória. Para mim! "Para o Benjamim, música da minha nova vida."

What?

Ela se levantou do banco para falar mais escondido ainda, na mesma hora em que eu lia isso, essa declaração de amor; e enquanto eu ouvia o meu coração batendo dentro dos ouvidos, quase saindo por eles, vi que a cara dela não estava nada boa, e em mais um gesto brusco o celular cai da mãozinha dela. Caiu, irremediavelmente, na direção da água. Eu e ela nos movemos para a amurada, olhamos para o telefoninho no ar, que ainda bateu na beira do casco, lá embaixo, para em seguida afundar para sempre, para nunca mais.

"Ai, saco! Perdi toda a minha agenda", foi o que ela disse.

"Melhor assim, melhor acabar tudo de vez, pra gente se recuperar mais rápido."

Ela me olhou.

"Eu também prefiro assim", eu completei.

Um sorriso dela, outro sorriso meu, um abraço quente de dois corpos que combinavam bem, véspera de um beijo e, eu tinha certeza, de uma imensa felicidade.

MUNDO COLONO

Um

Desenvolvi um pouco a habilidade de desenhar. Queria ter aprendido mais, ter tido tempo e paciência para adestrar a mão de modo a conseguir apreender mais proficientemente as cenas que me interessa registrar. Não é uma questão de ser artista visual, coisa que nunca me passou pela cabeça: é só uma vontade de botar a mão a serviço do registro. De todo modo, o pouco que aprendi me habilita a desenhar algumas coisas, como por exemplo esta velha mulher: eu a desenho de costas, como dá para ver; o volume grande na altura dos quadris é devido ao corpo dela mesmo, mas também à superposição de vestidos e outros tecidos que ela de fato costumava colocar sobre si; a cor não se vê, porque eu só sei desenhar com grafite, preto sobre o papel branco, mas posso acrescentar que se trata de uma roupa predominantemente em tons de verde, o que era uma característica da mulher, a ponto de ela ser conhecida como "Velha Verde" ou "Velha de Verde" – isso lá em Lajeado, onde eu a vi algumas vezes, na minha infância. É dessas poucas visões que eu me servi para o desenho: dessas rápidas lembranças, nem tão sólidas a ponto de me permitirem lembrar suas feições de rosto, nem tão frágeis que me impeçam de dar um relato sucinto sobre ela, na forma de um desenho.

Ela é relativamente pequena. Quão pequena? Eu era criança quando a vi, de forma que não tenho como me socorrer da memória para esclarecer este ponto, porque todos os adultos, então, eram gente grande, sem distinção, ou quase sem ela, porque naturalmente eu posso mencionar algum ou outro que fosse mais alto, se forçar a lembrança. A Velha Verde era do tamanho da minha avó. Um metro e sessenta, no máximo. Era meio gorda, mas creio que não mais do que o comum para mulheres adultas daquela vida, daquela região, daquela época: mulheres que trabalhavam muito, despendendo força física o dia inteiro, para lavar roupa e louça, preparar a massa do pão, cozinhar, rachar alguma lenha miúda para o fogão (a graúda era com os homens, que serravam troncos de árvores e depois seccionavam a machado os pedaços maiores em médios), fazer manteiga e *käs-schmier* – que hoje em dia se vende no supermercado com o nome de queijo-alguma-coisa, nunca consegui guardar a tal designação –, nas épocas adequadas fazer *schmier* mexendo incessantemente uma massa pegajosa num tacho colocado sobre fogo forte, fora de casa, tanta coisa. *Schmier*, agora se escreve "chimia", muita gente considera a mesma que coisa que geléia, mas não é, não era: chimia tinha pedaços de fruta, geléia era como mel, líquido espesso e homogêneo.

Ressalto um pouco as sombras dos tecidos superpostos que ela carrega sobre o corpo, aumentando a impressão de volume. Para fazer justiça ao que eu guardo na lembrança, ela precisa ter quase nenhuma forma feminina, quero dizer, nada de sinuosidades, nada de cintura fina, nada de busto destacado do tronco, nada de desenho das pernas. As mulheres todas daquele mundo rural poderiam ser desenhadas como esta aqui, praticamente com linhas retas entre os ombros e os pés, as linhas da saia ou do vestido que estavam usando, sempre e infalivelmente; nunca se viu mulher de calça naquele mundo, linhas retas ou mesmo um pouco abauladas na região da barriga, caso fossem mais gordas que a média.

Ao especificar mais as sombras dos panos que ela tem em volta do corpo, eu percebo que ela fica mais parecida com imagens ancestrais de mulheres camponesas de origem alemã, ou do norte da Europa, ou do mundo eslavo. Mulheres que poderiam figurar em romances de Tolstói, rudes mulheres do campo, parideiras, trabalhadoras (ou "trabalhadeiras", como diz a voz popular brasileira para salientar a diferença entre meramente ter uma ocupação e ser dedicada ao trabalho, resignadamente e com afinco), sem carinho para com os filhos ou o marido, com mãos tão grossas quanto as dos homens ou apenas um pouco menos grossas, as caras redondas, os corpos sem curvas graciosas.

Posso aumentar a enumeração desses itens: olhos miúdos, postos mais no chão do que no horizonte; sorriso raro, raríssimo; cintura dura, sem jogo algum; praticidade total nos movimentos pela casa, com um domínio da cena que de tão rotineiro chega a parecer nascido junto com o corpo; de vez em quando, bem espaçadamente, escapa da boca uma música, um fiapo de melodia, uma memória vinda de tempos menos sombrios, quem sabe lembrança de alguma utopia de paixão ou mesmo de amor, que não se cumpriu.

Tudo isso, porém, não tem muita importância em si mesmo. Nem vale tanto o desenho que agora eu olho com calma, depois de corrigido e dado como pronto; nem vale tanto a ponto de merecer atenção de outra pessoa que não eu mesmo, porque afinal sou o desenhista e vou guardar essa humilde obra na mesma gaveta em que guardo tantos esboços, tantos retratos, tantas cenas uma vez vividas que eu tento reproduzir para preservar do esquecimento – alimento uma fantasia de poder fazer meu filho, ainda uma criança, conhecer tudo que eu conheci através dos meus desenhos, simples mas limpos e diretos. Claro que sei que ele não vai conhecer tudo que eu conheci, por vários motivos, a começar pelo singelo dado de que muitas das cenas que desenhei se referem a pessoas já falecidas, a cenários que não existem mais, a casas que já deram lugar a edifícios ou a avenidas. Ele não vai poder conhecer as coisas que deram origem às impressões que ficaram inscritas na minha sensibilidade na forma de imagens. No máximo, vai conhecer as reproduções em forma de desenho; e o que dirão a ele essas imagens?

Sei que a fantasia de pai vai por aí mesmo, tenho certa consciência das limitações desse tipo de sonho, e mesmo assim não consigo me livrar do olho dele, do meu filho, como uma espécie de espectador ideal para meus desenhos. Ideal e talvez único, porque pode ocorrer perfeitamente de eu morrer e essa gaveta cheia virar apenas matéria de curiosidade para todo mundo que eventualmente veja essa papelada aqui acumulada, com desenhos de pessoas, casas, cenas. Ele não, eu creio, eu espero. Ele vai olhar, manusear, repassar um por um (ou vai passar maços aleatórios por maços aleatórios, pilhas e pilhas de papéis riscados, borrados?), e vai lembrar, talvez, alguma história associada a certa imagem, história que eu fiz questão de contar para ele, história que vai sugerida nas breves palavras e números que eu costumo anotar nas costas de cada desenho – a data em que eu trabalhei nele (em caso de desenho feito e refeito ao longo de vários dias, todas essas referências aparecem, com certa minúcia), o nome da rua que ali está retratada, o nome ou o apelido da pessoa que tentei reter na forma de uma imagem, o local em que eu estava quando segurei o lápis para aquela tarefa.

No desenho da Velha Verde eu anotei (confiro neste exato momento): "Porto Alegre, começado e terminado no dia 22 de junho de 2006, segundo do inverno. Velha Verde – personagem real de Lajeado, RS, na minha infância. Ela só falava alemão. Visitava casas de conhecidos pedindo água quente e pão, sempre e só."

Eu poderia ter brincado mais com as palavras. "Sempre e só" mas também "sempre só": ela nunca vinha acompanhada, e nunca saía com qualquer pessoa. Só pedia água quente e pão, nunca aceitava nada mais. Nunca aceitava mesmo? Ou foi apenas isso que restou na minha memória? Tenho certeza que essa informação me foi dada num dia em que eu, menino, estava lá, vi a chegada da mulher e, talvez por medo, perguntei quem era e o que queria. Alguma tia, quem sabe a vó mesmo, ou talvez a empregada da casa, enfim alguém disse isto: que só queria conversar um pouco, tomar água quente e comer algum pão. (Pão era sempre pão feito em casa, em geral com farinha de milho e não de trigo, que era muito cara para aquele mundo. Pão sempre feito no forno externo da casa; pão sempre com uma grossa e crocante casca por cima; pão sempre perfumando o ambiente, como agora a minha memória.)

Curiosamente, a empregada da casa era uma moça esquisita também. Acho que era débil mental, louquinha. Tinha chiliques, tinha achaques, tinha panes e ausências momentâneas. (Tinha mesmo?) Ela cantava muito, passava horas cantando enquanto trabalhava limpando a casa, e sempre cantava errado. Atropelava as palavras, pulava uma ou outra, esquecia trechos inteiros. Mas cantava. Pelo que alcanço lembrar, eram sempre músicas de amor: "Que beijinho doce, foi ele quem trouxe de longe pra mim". Ela dizia "tôsse", em lugar de "trouxe", falava assim meio tatibitate. Tinha aquele ar espantado dos malucos mansos, os cabelos não se acalmavam nunca, de maneira que o rosto ficava sempre encoberto. Era tímida, o que, agora percebo, é sinal de que tinha consciência de sua vida, das limitações que tinha e da interação com os outros. Chamava-se Alva. Preciso desenhá-la logo, reter os traços que a memória me oferece.

Alva, Alva. Que nome. Era branca como o nome sugere, porque era alemã, descendente de alemães, como eu e quase todo mundo daquela cidade, na época. (Melhor seria dizer "alemoa", para diferenciar. Alemã me parece a mulher da Alemanha propriamente dita, e alemoa cabe mais para a mulher do mundo colono descendente de imigrantes alemães. Loira de cidade grande, mesmo que seja alemoa, não é nem uma coisa, nem outra.) A Velha Verde seguramente era. Digo isso não só porque ela falava alemão, aquele alemão dialetal que todo mundo falava em família, mas pelos traços do rosto, pelo porte, pela pele. Falar alemão todo mundo falava, até gente que etnicamente não tinha nada a ver com isso, como um negro velho e sábio que eu conheci e que, certa vez, me recebeu em casa, numa das minhas caminhadas adolescentes, quando eu tentava disfarçar a angústia trilhando qualquer caminho que aparecesse, sempre a pé, sempre sozinho, sempre por horas longas e lentas. Eu gostava de, por assim dizer, me deixar perder. Não na cidade, que era bastante pequena e conhecível em apenas uma tarde – e, mais que isso, era e é uma cidade que nasceu e cresceu ao lado de um rio, um lindo e negligenciado rio, o Taquari, de forma que bastava localizar tudo pelo rio, que não havia como se perder. Na cidade eu não me perdia e, aliás, nem caminhava muito além do pequeno centro, a poucos minutos da casa de meu avô. Mas para os lados da colônia, aí sim eu gostava de me deixar levar.

No fim nunca me perdi mesmo, em qualquer cidade pequena, porque sempre havia o sol ou sua luz, sempre havia meu senso de direção, que nunca foi muito ruim (mas em cidades grandes sim eu já me perdi, chegando a errar de direção por 180 graus, em Londres uma vez fui na direção oposta à que desejava, certo de que estava no caminho adequado), e sempre havia a possibilidade, ora, de perguntar o caminho de volta até a casa de meu avô, que era o conhecido alfaiate da cidade. Eu me apresentava, identificava meu avô e imediatamente se abria um sorriso que, pensando agora, à distância, era um carinho para mim e para ele, significando um calor naquele mundo de relações pessoais muito frias, cordiais mas frias. Ah, sim, todo mundo conhecia meu avô.

Numa dessas caminhadas eu cheguei na casa desse senhor negro que falava alemão. Não comigo, porque eu não falo, nunca falei – meu pai parou de falar por causa da Segunda Guerra e das restrições que se fizeram aos descendentes de alemães, e eu nunca aprendi direito, nem em casa nem depois, adulto, quando resolvi tentar reatar esse laço com o passado –, mas com sua mulher, também negra. Pelo jeito, viviam os dois sós naquela confortável, cuidada, bela casa de chácara.

A cena foi assim: eu chego, ele sorri e se coloca à minha disposição; era um desses casos em que eu precisava perguntar como é que se fazia para voltar para casa; era um fim de manhã, sol alto e dia quente (férias de verão, devia ser). Ele me perguntou o que é que eu desejava, eu o saudei e me identifiquei mencionando meu avô, e ele disse que era um prazer conhecer o neto do alfaiate, por quem ele tinha muito apreço. Tanto apreço que não me respondeu logo o que eu precisava saber: me fez entrar no pátio da casa, defendido por uma cerca de tábuas caprichosamente pintada de verde e branco, em torno de alguns canteiros de flores em frente à casa. Casa que, para quem vinha da estradinha vicinal em que eu tinha andado tanto, começava numa varanda aberta, que já dava ao local um aspecto de acolhida franca.

Cheguei até ali e ele logo gritou para dentro uma frase em alemão, que eu demorei a decifrar. *Ist der Mate noch nicht fertig?*, perguntou em voz bem alta e pronúncia clara, com o rosto voltado para dentro da porta principal da casa. Quer dizer: "O mate não está pronto?" Lá de dentro sua esposa gritou de volta, "Ja", "Sim". E veio ela com a cuia e a chaleira, mais um descanso para colocar sobre a mesinha que ficava ali na entrada e só então eu reparei, bem ao lado do banco que ladeava a varanda aberta e franca. Ela veio e eu já fui apresentado, "neto do alfaiate", por meu anfitrião, que emendou outra pergunta que era simultaneamente um pedido à mulher: "Por que tu não me traz o casaco da fatiota cinza?" Para que ele queria o tal casaco eu não atinei na hora, mas em seguida sim: meu avô tinha feito o terno de seu casamento, décadas antes, e ele o conservava ainda. E ainda cabia dentro dele! O tempo passava mais lentamente naquela época, naquele mundo.

Valeria a pena desenhar essa lembrança, também. A Alva e esse casal, nessa casa, nessa manhã luminosa em que eu tomei mate com ele por algumas rodadas, enquanto a senhora insistia para eu almoçar ali mesmo, com eles, porque demoraria uma meia hora, se não mais, para chegar de volta à casa do vô. Mas eu preferi sair logo dali, não por rejeitar a comida, que cheirava muito bem e convidava meu estômago faminto, mas para ficar sozinho, que era meu objetivo número um, naquela época. (Tanto quis, que hoje sou um homem sozinho. Alguém já disse que é preciso – *seria* preciso – ter muito cuidado ao escolher os sonhos, na juventude, porque eles acabam acontecendo.)

Faço um esboço rápido dessa cena e não desgosto totalmente. Não consigo lembrar direito se a varanda tinha pilares de madeira ou alvenaria (acho que eram de madeira, mas pode ser que seja só um enfeite que o tempo colocou, cá na minha cabeça). Também não tenho certeza de que aquele senhor era tão assim do meu tamanho (coloquei nós dois no esboço, como se pode ver, os dois sentados do lado esquerdo da casa, vista de frente, eu no banco, ele num banquinho de madeira baixo, parecido com aquele que se usava, na região, para tirar leite das vacas, manualmente, é claro). Ele tinha um pequeno bigode, já grisalho, mas isso não vai aparecer claramente no desenho, porque a minúcia não é meu forte e o que importa mesmo é o conjunto da cena. Deixo para outra hora o fim do desenho: a sugestão da textura das paredes externas, ásperas do salpique, o desenho dos canteiros, a variedade das flores, o pequeno arvoredo ao lado direito.

E a terra vermelha da região, como desenhá-la? Só com lápis preto em papel branco é difícil de sugerir o que era aquela terra. Fina, seca nos verões, voava com facilidade e entranhava em tudo: nas casas, na roupa, na pele. Quando chovia, virava barro e lama, de textura também fina e delicada, mas enormemente capaz de sujar tudo. Impossível desenhar. No máximo entraria no desenho um redemoinho dessa poeira vermelha, quando acontecesse.

Fico satisfeito com o conjunto, capaz de valer mais um relato para meu filho. Vou dizer tudo para ele, incluindo a frase em alemão, que ele, criança, certamente vai estranhar, talvez rindo dela, de seus sons assoprados.

Dois

Desenhei a Alva, mas o resultado não me agradou. Seu rosto ficou pouco expressivo – e o rosto dela era forte, marcante, eu lembro bem, não é como o da Velha Verde, que me fugiu da memória completamente e por isso a desenhei de costas. A Alva mais parece agora uma menina subitamente crescida, os braços desmedidos para a capacidade de administração do corpo pela própria dona. (E alguém é mesmo dono de seu corpo?) Uma menina, inclusive no jeito brincalhão. Nós éramos crianças e ela, já mulher feita, não tinha nenhuma reserva de brincar conosco, desde que não tivesse o que fazer no serviço da casa. Minha avó era compreensiva, uma mulher com um coração de ouro ("de ouro" é coisa antiga e, pensando bem, é uma imagem que não me serve de nada para significar aquela mistura de resignação, doçura e persistência), e sempre, pelo que lembro, deixava a Alva ficar conosco em brincadeiras de férias. Andar e correr pela chácara, subir em árvores para pegar alguma fruta ou simplesmente para testar os limites e experimentar emoções diferentes, brincar de pegar ou de esconder, brincar de um jogo que só lá, na casa do vô, eu sei que existiu, "pem-pem" – uma disputa entre dois grupos, divididos por acordo que respeitava proporções iguais de gente mais velha e mais nova, guris e gurias, experientes e inexperientes, locais e recém-vindos da cidade, entre todos os primos, que chegaram a ser dezenas, um grupo que saía para o lado da estrebaria e do potreiro, outro que saía para a frente da casa-chácara, podendo cada indivíduo movimentar-se livremente por todo o território da casa e adjacências, jogo que se desenvolvia com "mortes" dos oponentes (bastava simplesmente nomear um inimigo que fosse visto em seu esconderijo dizendo "Pem Fulano atrás da cisterna!", que o Fulano tinha que sair da brincadeira), jogo que se encerrava quando uma das equipes fosse totalmente dizimada. Jogo que pelo jeito ninguém mais vai jogar.

A Alva ficava junto nisso tudo, vibrava como se seu corpo longilíneo de adulta não tivesse passado dos dez ou doze anos de idade, sempre com um vestido simples e de pé no chão, ou de pés descalços, como se diz hoje em dia. Que história era a dela? Só soube do curto período de uns anos, entre minha infância e minha juventude. Antes disso, onde andou a Alva?

E por que ficou daquele jeito, meio sonsa, tansa, mambira? Era alguma deficiência orgânica, de nascimento ou formação, ou sobreveio como problema ao largo da triste vida, como resposta a algum trauma, alguma brutalidade, algum desvio de que não há recuperação?

Retoco o retrato da Alva, agora com mais cuidado para os cabelos. Lápis tem isso de bom, em papel adequado: permite usar a borracha para apagar ou atenuar traços mal feitos, de forma a dar uma nova chance ao desenhista, pelo menos a um amador como eu, que como já disse só quero auxiliar a memória, a minha mesmo e a de quem eventualmente puser os olhos nessa gaveta. Encomprido seus cabelos, que na realidade eram bem curtos, pretos e espetados. Uma franja, talvez? Sim, desparelha. Dou volume aos seios, que pelo que me lembro eram magros, quase ausentes, talvez inexistentes mesmo. Os pés, que eram muito feios, maltratados, grosseiros, não vão aparecer: o retrato que eu escolhi fazer a flagra como se estivesse descansando, a olhar para o movimento da rua, com os cotovelos pousados no batente de uma das janelas da cozinha, que se abriam na parede oeste da casa, em que o sol das tardes batia generosamente, desimpedido de árvores significativas. Ali está ela: uma sugestão de luz clara, numa parede vasta, que ultrapassa os limites da folha do desenho, e quase ao centro a janela, e dentro dela a Alva, cabeça e cabelo, ombros largos, um certo porte de seios, os longos braços cruzados. E o olhar como que interessado em um evento que não aparece no desenho mas se adivinha interessante, a julgar pelo aspecto que consegui imprimir em seu olhar.

Na realidade, pouca coisa acontecia ou poderia acontecer naquela parte da rua que se divisava das janelas da parede oeste da casa do vô. Bem perto da casa sim, havia o que ver: um jardim de flores com canteiros cuidados com carinho e competência pela vó, canteiros de desenho ligeiramente voluptuoso, em curvas que fugiam ao óbvio das linhas retas, típicas dos canteiros triviais. No jardim da vó não: os canteiros tinham personalidade. Fico pensando agora quem terá sido o autor daquele desenho. Existiria ali antes da ida da família para aquela casa? Foi encomendado? É possível que tenha sido fruto do trabalho de algum profissional, como por exemplo o sujeito que desenhou a praça em frente da Igreja Matriz da cidade. É da tradição européia, não especialmente alemã mas também alemã, pensar e cuidar dos jardins com esmero. (Em certa época da língua portuguesa, "pensar" e "cuidar" foram sinônimos, por estranho que hoje possa parecer. Fui conferir no dicionário e lembrei que "penso" é um dos sinônimos de "curativo", o que liga mais um verbo ao par anterior, "curar".)

Os jardins uma vez foram privilégio dos castelos e *villas* privadas da aristocracia, mas ao longo do tempo eles passaram a integrar a paisagem da cidade, o local em que gente comum vive. Foi quando os grandes jardins públicos começaram a surgir, como um lugar de deleite e descanso em meio ao tumulto da vida urbana. Lembrei disso agora pela mera evocação do jardim da vó, exemplar doméstico e familiar de uma invenção antiga e nobre. Não posso dizer que o jardim da vó tivesse tal proporção ou função, porque era relativamente pequeno, uns, o quê, dez por dez metros, doze por doze talvez, e também porque a casa ficava não no miolo de uma metrópole e sim numa borda da pequena cidade, em rua não calçada, mesmo que próxima do centro, quase um bairro de chácaras pequenas, um hectare, dois no máximo, com uma ou outra exceção de propriedades mais extensas, mas também de casas que já caberiam em qualquer parte do perímetro urbano mesmo, casas com apenas um pequeno jardim em frente e um pátio atrás.

A casa do vô era das maiores da redondeza. Nenhum luxo, mas tamanho grande. E mais ainda, estava localizada na ponta de uma chácara de moldes mais rurais do que urbanos: um galinheiro que produzia ovos e galinhas para venda (em certa época, o vô chegou a comprar um moderno equipamento para criar galinhas: uma mesa-chocadeira, em que se colocavam ovos para apressar e homogeneizar a vinda dos pintos); uma estrebaria que abrigava quatro ou cinco vacas de leite (leite que era também vendido e que rendia manteiga feita em casa, *käs-schmier* e nata, uma nata extraordinária que o tempo só aumenta de qualidade, na minha lembrança); um potreiro para as vacas; uma área não pequena para cultivo de pasto para as vacas; mais um pomar de talvez vinte pés de árvores frutíferas e uma horta em que se cultivavam tomates, legumes de folha verde, algum tempero. E este jardim das flores, com canteiros recurvos, elegantes como se fossem de uma *villa*, do outro lado da casa em relação à horta. Mas as flores que ali brotavam pela mão habilidosa da vó também eram vendidas: ocorria que logo pegado à casa, nos fundos do pomar, a não mais que uns 50 ou 60 metros da casa, começava o cemitério católico da cidade. Era comum pessoas passarem ali e pararem para comprar alguma flor, que logo enfeitaria um túmulo. Em época de Finados, então, a coisa era tal que rendia um dinheiro bom.

Não entra nada do jardim verdadeiro no retrato da Alva, como dá para ver. Tão-só parte da parede da casa, a janela e ela. O jardim fica para a lembrança, porque estava ali na chamada vida real e era o único elemento de interesse para quem se pusesse a admirar a paisagem da janela, como a minha Alva do retrato. A rua, ali, oferecia pouco espetáculo: pouquíssima gente passava por ali caminhando, carros eram escassos. Do que consigo enumerar na memória, só ocorria um espetáculo naquela altura da rua, um e não mais de um, e mesmo assim não se veria da janela lateral onde eu botei a Alva. Era preciso estar na frente da casa, sentado no muro como eu tantas vezes fiquei, sozinho ou com algum primo, para admirar, nos finais de tarde, o desfile dos bois e vacas que retornavam de um pasto que ficava pouco adiante da casa do vô para a grande estrebaria que se localizava na propriedade que ficava exatamente em frente à casa do vô, do outro lado da rua. Eram muitas vacas, talvez umas trinta, um pouco mais ou menos. E proporcionavam um espetáculo que nunca me arrisquei a desenhar: vinham lentamente, mas com destino seguro, sem ninguém a conduzir, como se soubessem que era aquele o seu papel, seu roteiro e seu destino, as talvez trinta cabeças de gado, e a passo tranqüilo entravam no corredorzinho lateral da propriedade diante da casa do vô, indo em direção ao estábulo, nos fundos. Lindo, lento, fluvial, manso, tardo, sereno caminho, nos fins de tarde.

Agora mesmo, lembrando disso, me invade a sensação de presenciar aquilo, como um efeito retardado de uma grande mas sóbria emoção que ficasse gerando frutos por décadas a fio. Eu, menino de cidade, me admirava de tudo aquilo, a começar talvez pelo cheiro, mistura de fim de tarde quente com bosta animal e suor velho, cheiro acre mas não sei por que amistoso. E me admirava mais ainda porque um primo, da mesma idade mas morador de lá mesmo, sabia até o nome das vacas. Os nomes! Não lembro mais em detalhe, mas eram alusivos a marcas físicas ou de temperamento, ou ligados a qualquer capricho do nomeador, que podia ser o filho do dono ou um funcionário dessa fazendola: Estrela, porque tinha uma mancha esteliforme na testa; Pintada, pelos salpiques no pêlo; Teimosa, porque assim terá parecido a quem a nomeou; Clarinha, porque era filha de uma Clara anterior. Nomes de uso, nomes quase de família. Mundo pequeno aquele, em que as palavras alcançavam nomear com afeto até mesmo os animais. (Hoje, neuróticas cadelinhas de apartamento se chamam como: Xuxa? Angélica? Madonna? Ivete?)

Alva era descendente de alemães, está claro. Seria filha de alguma família pobre, que vivia numa região mais distante da cidade, provavelmente fora de rota integrada que permitisse produzir e vender na cidade algum item que tivesse procura, que tivesse, como se diz, mercado. Alguma colônia remota, em que os colonos estivessem vivendo quase como quem apenas sobrevive, sem poder usufruir da energia elétrica, que ali na casa do vô proporcionava os eletrodomésticos e, supremo elo de integração com o mundo, a televisão. Na casa dos pais da Alva, talvez só o rádio a pilha funcionasse como eficaz meio de conexão com qualquer lugar além da colônia. Rádio que, ali, conversava com os ouvintes de vez em quando em alemão, para dar notícias de morte e nascimento, mas que então, no tempo que eu por lá andei, já era, mais que veículo de ligação comunitária, canal de escoamento da indústria cultural moderna. Músicas urbanas, com guitarra elétrica e tudo, algumas cantadas no incompreensível inglês, começaram a dar ritmo para as novas gerações, que mais e mais saíam dos fundões em busca da cidade, ou melhor, da Cidade, qualquer uma, toda cidade.

Alva terá saído de casa para buscar a Cidade? Não sei, e agora não tenho mais como saber. Imagino, no entanto, que ela saiu mais por outros motivos: vida miserável dos colonos seus pais, falta de perspectiva para alimentar e educar todos os vários filhos, impossibilidade de encontrar alguma colocação decente para aquela filha chamada Alva, lenta e meio maluca, provavelmente incapaz de levar vida civil como a média das mulheres. Alva não saberia encontrar, talvez, um marido que a acolhesse, porque os maridos potenciais já andavam com a cabeça naquela Cidade ideal que era vendida pelo rádio e pela fantasia corrente. Se o encontrasse, não saberia jogar o jogo ambíguo e meandroso que se esperava (que se espera ainda) de uma mulher, aquele seduzir e negar, aproximar e afastar, deixar-se pegar e fugir à mão, até que tudo se resolva no casamento e na vida em comum. Se ela era, além de bastante feia, uma deficiente mental, uma menina grande, incapaz de maldade, como saberia jogar esse complicado jogo?

Não sei se estou inventando ou lembrando, mas parece que a Alva foi seduzida por algum espertalhão, algum aproveitador de sua ingenuidade. Terá sido esse cara o sujeito para quem ela cantava, em sua singeleza bruta, aqueles fiapos de canção de amor, tão desafinada, tão ridícula, tão frágil, tão menina? Ela cedeu aos apelos do rapaz, que já sabia que não teria nada mais com ela do que o sexo bruto que interessava no momento, e depois esperou por ele, por sua volta, na melhor hipótese montado, não digo num cavalo branco, mas numa mínima proposta de futuro fora dali, do circuito da pobreza rural, mais próxima do ideal de elevação e elegância que ela adivinhava existir naquele mundo que as canções de amor sugeriam, nas linhas das letras e nas sutilezas da melodia, no encantamento que a música sabe ter e impor, no arrebatamento que parecia estar esperando por quem se dispusesse a sair do campo e adentrar o novo mundo da cidade, da Cidade. Esperou, sabendo-se em risco, por tudo o que já conhecia de si e mais ainda porque tinha perdido a então estimada virgindade. Esperou e esperou em vão. Ficou a Alva apenas com uns pedaços de canção na memória, pedaços que nunca mais se reatariam num projeto consistente. Enlouqueceu a pobre Alva.

Enlouqueceu e foi recolhida por alguma alma caridosa como a de minha avó. Teria a vó algum parente lá por perto da casa da família da Alva, vamos supor; e teria se compadecido da jovem, que não interessava mais nem à família, que queria livrar-se da pobre, nem ao sedutor, que ninguém sabia quem era porque ela mantinha em segredo a identidade dele – na esperança genuína de que ele, quem sabe, retornasse para ela e para o futuro que ela sonhara.

Vamos lá, vó: pega pela mão a Alva, com esse nome tão condizente com sua ingenuidade isenta de maldade, e traz a moça para perto de nós, teus filhos e teus netos. Nós conviveremos com ela, brincaremos com ela, até mesmo ironizaremos sua patetice e suas limitações. E ela servirá com sua força bruta e seu desengonço para o destino da vida de nós todos.

Agora, ela está aqui no desenho, braços pousados no batente da janela do lado oeste da casa da vó, com um sol claro iluminando tudo, perto do jardim de bordas recurvas, diante da rua em que só passam as vacas que vão em seguida comer e dormir. Dá até vontade de apelar para a singeleza e escrever no desenho, como se saindo da boca da Alva, aqueles versos singelos, "Que beijinho doce, foi ele quem trouxe de longe pra mim".

Três

Não coloquei os versinhos no desenho da Alva, porque seria um excesso, além de uma inutilidade. Ia complicar a observação dela, atrapalhar.

Ou eu estou enganado? Se ela está mesmo na janela, com essa cara de quem olha para algo de interessante que vem da rua, podia perfeitamente estar cantando de saudade de seu amor, por que não? Talvez eu tenha feito no retrato um quadro ideal da Alva: ela moça normal, amando e querendo seu amado perto de si, como todo mundo.

Retomo nas mãos o retrato da Velha Verde. Ela está, na minha imagem, diante do forno em que minha avó assava os pães, a poucos metros da porta da cozinha, que se abria para um pátio intensamente presente na minha memória. Pátio em torno de uma cisterna (os espanhóis chamam pelo sonoro termo "algibe", lembrando com a palavra a origem árabe desse inteligente recurso para recolher a água das chuvas e armazená-la em um poço restrito, que, na casa dos meus avós, era acessível através de uma bomba manual toda graciosa, elegante mesmo em suas curvas, e disponível até para mãos infantis, ou então mediante baldes presos na ponta de uma longa corda, quando se removia sua pesada tampa de pedra de arenito), pátio que ficava sob um velho e espesso caramanchão capaz de oferecer sombra mesmo no mais inclemente dos sóis.

O retrato dela ganharia se eu usasse alguma cor. Penso em ir até o quarto do meu filho e pegar emprestados os lindos e para mim sempre desejáveis lápis de cor – pensei agora mesmo que dá vontade de comê-los, mas não é tanto assim; eles são é sedutores, em sua linha simples quando os vemos individualizadamente, ou, quando estão ajuntados num estojo, em sua companhia colorida, arranjada em sucessões que vão nos conduzindo o olhar com gradação, com leveza, e acabamos freqüentando todo o espectro luminoso num vadio correr de olhos. Poderia pegar os verdes do conjunto que ele ganhou faz menos de um ano, num aniversário, de um tio que vive na Áustria. Conjunto lindo, numa caixa de metal que estampa uma paisagem alpina desenhada, como cabe no caso, por lápis de cor. Como se o estojo fosse ao mesmo tempo uma decoração, um exemplo e um desafio: admira-me, imita-me, supera-me.

Eu nunca saberia fazer sequer parecido, a menos que se tratasse de uma competição de desenhos só com grafite preto clássico, podendo variar apenas a dureza – nesse caso eu até me arriscaria a fazer paisagens, não digo alpinas, que mal conheço de vista, mas as de Lajeado, que conheci e permanecem no fundo do meu cérebro e do meu coração, para sempre. Paisagens que me formaram e que hoje ainda devem ser visíveis, se o espectador se dispuser a discernir o que vale e o que não vale a pena ser enxergado, ultrapassando o cenário urbano óbvio que está em todo o Ocidente, quem sabe em todo o planeta, e certamente também em Lajeado: nas ruas internas da parte velha da cidade, ainda algumas construções baixas de ar familiar, casas e pequenos edifícios, mas nas demais ruas edifícios desnecessariamente altos, estreitando o céu disponível no cotidiano dos passantes, e mais os outdoors deselegantes, gritões, que parecem querer agarrar o sujeito pelo pescoço para convencê-lo da validade de certo produto ou comportamento, validade que basta a gente dar um passo atrás para ver que desaba, não resiste a meio raciocínio nem a uma consulta direta à sensibilidade que todo mundo, lá no fundo, ainda carrega.

Eu entraria nesse imaginário concurso de paisagem não com uma cena urbana, claro, porque isso seria frágil como imagem de algo que valha a pena, ou então seria apenas uma redundância trivial de tantas imagens urbanas de todo mundo. Eu inscreveria uma outra paisagem, rural, ou semi-rural. Qual poderia ser?

Enumero agora mesmo, mentalmente:

1. A esquina de baixo da casa do vô. "De baixo" porque a casa ficava quase no alto de um morro, a talvez uns cinqüenta metros do ponto mais alto. E a esquina de baixo tinha um quê de misterioso, nos fins de tarde do verão. Não era apenas a geografia parada da esquina, que testemunhava a rua da casa do vô e uma rua menor saindo dela perpendicularmente, sem atravessá-la. Era um certo brilho que vinha da luz do sol, filtrada por um cordão de eucaliptos logo adiante, que fazia como que vibrar a infinidade de grãos de poeira vermelha que o calor tinha despegado do chão e feito flutuar. Mistura de amarelo alaranjado com vermelho amarronzado, tendo como fundo o verde escuro dos eucaliptos e, um pouco acima, na rua vizinha que começava na rua do vô, o quase negror de um mato fechado.

2. A região do alto, do cocuruto da rua do vô, logo acima de sua casa, do lado oposto a essa esquina que acabei de mencionar. Olhando da posição de

quem está sentado no banco que havia em frente à casa do vô, numa delicada sala ao ar livre formada por esse banco, uma cerquinha de tela que separava da escada de acesso e um cheiroso jasmineiro em forma de caramanchão, via-se a seguinte sucessão, da esquerda para a direita: a casa dos vizinhos donos daquelas dezenas de vacas, casa de aspecto nobre, no alto do barranco, casa com portas altas encimadas por pequenos vidros coloridos, casa de paredes fortes e enegrecidas pelo tempo porque, percebo só agora, ficava de frente para o Sul, o que significa que não recebia insolação direta durante todo o inverno; depois, mais à direita, a frente de outra casa, não tão antiga quanto a primeira, mas de aspecto também elevado, casa que se projetava sobre a rua, com sua parede fronteira coincidindo com a linha da calçada, calçada que ali naquela parte era bem estável, parecendo rua de cidade bem urbanizada, e não de subúrbio semi-rural como aquele; depois, um pouco mais à direita ainda, ao fundo, havia variados tons de verde, conforme a época do ano, podendo ir do escuro ao claríssimo, e abaixo ficava o leito da rua mesmo, sem calçamento regular, leito que tinha ainda o aspecto das estradas que saem das cidades em direção às colônias, abaulado, o centro mais alto que as bordas, naturalmente para escorrer as águas da chuva junto às calçadas ou às casas, sem empoçar no meio; ainda mais à direita, já do lado de cá, do mesmo lado da rua em que está a casa do vô, o esfumado perfil de um galpão, de madeira; e finalmente, bem próximo do ponto de observação, a frente da horta que o vô e a vó cultivavam.

3. A ponte sobre o rio Taquari, vista por quem está sentado sobre o muro do cemitério católico, aos fundos da casa do vô, perto do potreiro. Em fins de tarde clara, enxerga-se um azul imenso no céu, uma nesga do rio escuro, o risco negro da estrada que corre por sobre a ponte branca, seus arcos e pilares igualmente brancos descendo até a água, com verdes nas duas margens. Algum caminhão, algum ônibus, algum carro. Uma parelha de bois lá embaixo, conduzida provavelmente para o repouso em alguma estrebaria, depois de um dia de serviço, completa o quadro, ficando não na estrada mas na beira dela, símbolo da ultrapassagem de uma era por outra.

4. A subida, o dorso de um morro que ficava a uns dez quilômetros da casa do vô, num distrito da cidade, onde eu fui parar certa vez numa das caminhadas mais angustiantes que já fiz na vida. Morro que sobe lenta, graciosamente, mas que acaba bem alto, sei lá a quantos metros acima do nível médio do mar, mais de cem, talvez duzentos. Bem no topo, uma cobertura vegetal densa, um chapéu de mato

coroando o morro, um risco de alto a baixo, a linha de transmissão de energia, e o dorso seccionado por níveis sucessivos de plantações diversas, algum pedaço com cor de terra, porque é estação de descanso, outros com tons variados de verdes. No pé do morro, algumas casas esparsas, e bem aqui, perto do observador, um arroio abundante, correndo sobre o fundo de um pequeno vale.

Muita minúcia essa anotação, detalhe em excesso, que só faz sentido para a minha memória e para, quem sabe, me ajudar a algum dia desenhar isso tudo. Ou talvez há mais que isso? Uma vez, na minha análise, eu tive um daqueles ótimos *insights* ao ouvir o psicanalista me dizer que o excesso de detalhes pode ser uma estratégia para *não* lembrar de algo realmente importante. Lembro bem: eu tinha acabado de relatar um sonho para ele, com uma infinidade de detalhes, detalhes que eu não tinha apenas na memória, mas os tinha anotado em papel, num bloco de papel que eu naquela época deixava do lado da cama para, assim que acordasse, anotar tudo, na esperança de melhor entender, me entender. A crise era dura, e qualquer auxílio era bem-vindo.

Bem, aqui são todas cenas relatadas com cores, como acabei de perceber, e isso já inviabilizaria minha restrita habilidade com os acanhados materiais que elegi utilizar. (Talvez porque goste de operar na precariedade: se é para registrar a lembrança, melhor a secura do que o excesso, que daria impressão errada de celebração, quando é lamento ou pelo menos saudade.) De todo modo, as cenas valeriam como tema para os desenhos pretos, cinzas e brancos: quem sabe se a secura não acaba beneficiando o efeito. Se é que não se trata de detalhes encobridores de algo muito mais decisivo do que essa variedade. O quê?

Esse morro, o número 4 das possibilidades que lembrei para ingressar no inexistente concurso, ficou na minha memória porque foi uma das caminhadas inesquecíveis daquela fase adolescente em que o ar me parecia insuficiente para o que eu precisava, o ar da família, o ar da cidade, o ar do colégio. Tudo era pouco e sufocante. Eu queria mais, queria diferente, e as paisagens em que me extraviava lá no interior de Lajeado eram a novidade que me acalmava, mesmo que apenas provisoriamente.

Acabei um dia chegando a esse morro, que chamavam de Inderberg. A história que eu ouvira na casa do vô, uma noite, contada pelo empregado que era o encarregado de cuidar dos animais, o tratador e lavrador e faz-tudo Abrilino – um sujeito que era notavelmente alegre, cantador em Ternos de Reis, negro baixinho, que arranhava a língua alemã o suficiente para ser compreendido por todo mundo –, dizia que no tal Inderberg, um morro que ficava num remoto distrito, as plantações e mesmo as casas dos colonos estavam sobre uma antiga aldeia de índios. O Abrilino exagerava de propósito os aspectos dramáticos da história, para brincar com o medo que sentíamos, crianças de cidade para quem os índios eram apenas os do cinema norte-americano, que eram cruéis e roubavam os filhos dos colonizadores. (Naquela época não havia a correção política que reverteu os antigos faroestes em filmes sobre a culpa dos colonizadores, como também não se fazia, ao menos que eu soubesse, qualquer nexo entre os colonizadores brancos que apareciam nos enredos das caravanas de pioneiros fundando cidades e plantações por todo o Oeste norte-americano e os colonos igualmente brancos que eram os nossos antepassados ali mesmo. Era como se a história só acontecesse lá, noutra parte, nunca aqui mesmo, debaixo de nossos olhos.)

    Os exageros do Abrilino diziam que, em todas as noites de lua cheia, os fantasmas dos índios, cujas covas tinham sido desalojadas para dar lugar a casas e galpões, a lavouras e pastos, reapareciam e ficavam atormentando a vida dos colonos, especialmente as crianças, que tinham mais medo, medo que era o prato predileto dos maus espíritos dos tais índios. Dizia ele também que algumas das crianças, filhas dos colonos, que tinham tentado brincar de achar ossos antigos, pontas de flechas e vasos de cerâmica enterrados na região, já haviam sido transformadas em vampiros, com dentes crescidos e tudo o mais. Só eram respeitados pelos fantasmas alguns homens que conheciam um certo segredo dos índios; mas era preciso ter muita, muitíssima coragem para conhecer esse segredo: era preciso ir à meia-noite, com lua cheia, até o alto do Inderberg, sozinho, e esperar que um espírito do cacique aparecesse para dizer as palavras mágicas que livrariam o sujeito do acosso dos fantasmas.

Tudo isso eu sabia, difusamente como as crianças sabem coisas, quando me botei a caminhar na direção do Inderberg. Não sabia exatamente onde ficava, mas conhecia a direção. Fui perguntando e logo o vi, bem de longe, num aspecto semelhante ao da memória do número 4, alto, cultivado, mato fechado no topo, uma linha de transmissão de energia rasgando tudo, algumas casas ao pé da elevação e o riacho. Resolvi ir até ele propriamente, atravessar a ponte de madeira sobre a água corrente, chegar até as casas. Me cheguei na primeira delas, querendo informação sobre os índios originais e tudo isso que permanecia ressoando na minha cabeça, de vez em quando registrado com a esganiçada voz do próprio Abrilino, que naquela altura já nem trabalhava mais com o vô. Estava ali um senhor, um velhinho, imagino que com mais de 80 anos, sentado numa cadeira de balanço na varanda da frente. Não reagiu à minha saudação, porque talvez fosse surdo ou tivesse dificuldade de audição; precisei repetir o bom-dia e me fazer ver por ele, para então obter reação. Ele ergueu a cabeça, que tinha permanecido pendida sobre o peito antes disso, me viu e acho que acendeu o olhar um pouco, um tanto. Não havia alegria em me ver, nem tristeza; era um olhar realmente neutro, me pareceu.

Disse meu nome e minha credencial universal ali naquele mundo, a de neto do alfaiate. Ele então abriu um meio-sorriso (homens de ascendência alemã não sorriem muito), me disse que passasse para dentro da varanda e perguntou se eu queria alguma coisa. Eu falei dos índios, dos restos recolhidos, se era verdade, se ele sabia, se podia me indicar um lugar para visitar e ver. O meio-sorriso abriu um pouco mais, os olhos se iluminaram: me disse que sentasse, ele responderia. Com gosto.

Falava português com esforço, marcado por um sotaque carregadíssimo e pela ausência de precisão vocabular. Mas disse logo que sabia de toda a história, porque ele mesmo tinha ajudado naquilo.

Era jovem e uma vez, lavrando a terra, descobriu muita coisa dos índios. Ele mostrava tudo que tirava da terra para alguns amigos dali mesmo, que também por sua vez encontravam materiais de índio em suas lavouras. De vez em quando iam juntos atrás dos tesouros dos índios, que segundo se dizia imprecisamente estavam espalhados, enterrados, à espera de quem os encontrasse. (Ali, como em tantas outras partes da América, como eu vim a saber depois, havia histórias de tesouros enterrados em potes, em vasilhas de ferro ou de barro, moedas do tempo antigo reunidas por padres ou por índios. Histórias sem qualquer fundo de verdade, igualmente. Pior ainda, histórias acanhadas, sem elaboração, certamente porque nunca passaram pelo relato de algum narrador criativo, artístico, daqueles capazes de dourar uma história banal, incrementá-la, acrescentando personagens e cenas que a tornassem digna da melhor literatura.) Mas ele e os amigos só tinham encontrado mesmo era ponta de flecha, urnas, vasos, ossos, marcas de fogos antigos.

Ele se chamava Roberto, "Rôbert" conforme dizia. Velhinho, mas ainda firme, olhos claros e pequenos, difíceis de discernir por causa dos óculos de aspecto velho, gasto, com lentes riscadas, mas também por causa da profusão dos fios brancos das sobrancelhas, que ele trazia longos, sem aparar.

Era, talvez, um capricho, um gosto, uma vaidade, pequena afinal, porque o rosto não tinha outros pêlos, a roupa era simples, nada mais se destacava do conjunto a não ser os longos e macios fios brancos das sobrancelhas. Nem a coleção de rugas chamava a atenção: só mesmo os fios longos, nítidos, acima dos óculos. Seu Roberto, eu disse, e onde é que estão essas peças todas que vocês recolheram? Vocês guardaram? Ele não respondeu logo: ficou quieto me olhando, por um tempo longo demais para a etiqueta do momento, tão longo que me fez ficar constrangido, com a sensação de haver perguntado algo errado, proibido, inacessível.

Finalmente ele falou que, de tudo o que guardara por tantos anos, só sobrava um *Merkbuch*, disse ele em alemão. E foi para dentro de casa em busca do tal livro, ou melhor, do caderno de anotações. Era um velho livro Deve-Haver, daqueles de contabilidade simples, que eram usados naquela época em toda parte pelo comércio, e mesmo em casas, caderno que ele havia comprado, quando ainda era jovem, na então única livraria da cidade, único caderno resistente que ele encontrou, resistente como para acompanhar as andanças dele pela redondeza em busca dos restos dos índios primitivos daquela região. Seu Roberto contou que foi sugestão de um tio, "alemão da Alemanha", estudado, guarda-livros, que andou por ali quando ele, Roberto, era um menino, lá no começo do século 20. A conversa estava começando a penetrar na memória remota do Seu Roberto.

O pai do Seu Roberto morreu quando ele era um menino de uns 8 ou 10 anos. Foi picado de cobra quando remexia terra e matos para preparar o terreno e começar a plantar. O lote de terra tinha sido comprado fazia poucos anos, e a família se mudara para um barraco improvisado. O futuro se abria para o jovem pai, com seus quatro filhos pequenos, o mais jovem sendo o Roberto, o "Rôbert". O destino se apresentou na forma daquela morte prematura, e o tio alemão apareceu: consolou os filhos e a viúva, e propôs levar o menorzinho para criar na cidade de Porto Alegre, a capital, onde vivia. Cuidaria dele, daria estudo, tomaria como filho. Seu Roberto quis? Não, absolutamente não: seu lugar era perto da mãe e dos irmãos, que ficariam ali e dariam um jeito.

O tio médico permaneceu por alguns dias na casa, e foi então que, passeando pela redondeza, o pequeno Roberto mostrou coisas de índios para o tio estudado, que lia e contava histórias. Coisas que qualquer um encontrava à toa, a toda hora, pelas lavouras, pelos matos. Um tal entusiasmo apareceu nas faces do tio que até na velhice Seu Roberto não esquecia: assim que via as coisas encontradas, o tio pegava e recolhia os fragmentos, limpava-os com as mãos e com a ponta do casaco, assoprava neles para tirar excessos, aproximava e afastava dos olhos para melhor apreciar cada um deles, e olhava para o sobrinho, que não entendia direito tanto gosto. Em seguida, o tio explicou, contou histórias de índios que eram habitantes primitivos daquele país todo, falou de um romance chamado *O guarani*, que ele havia lido para melhorar o português, demonstrando, enfim, um grande contentamento com aquela descoberta. Foi por aí que o menino Roberto começou sua freqüentação dos nichos escondidos de restos de vida índia. Começou e até muito tempo depois continuou, sempre fazendo conforme ensinava o tio: que ele tentasse desenhar a peça encontrada no *Merkbuch*, no caderno (que tio e sobrinho foram juntos comprar, no centro), anotando o dia e o local exato em que ela havia sido desenterrada.

Seu Roberto, então, desenhou muito pela vida afora. Quase sempre imagens simples, mas precisas e ao longo dos anos cada vez com mais qualidade: as lascas de cerâmica apareciam com seus bordos, as pontas de flechas e as pedras de boleadeira com seus sulcos e reentrâncias, os nichos no chão com seu entorno de matos e plantas rasteiras reproduzidas ou ao menos sugeridas. Desenhista, por certo melhor que eu, o Seu Roberto, ao menos para seus fins de registro.

O caderno devia ter mais de 100 páginas e dava todos os sinais do tempo, da passagem das décadas desde que começou a ser usado, mas se mantinha firme ainda em sua capa dura, provando que havia sido manipulado sempre com cuidado. Seu Roberto mostrou algumas imagens desenhadas tantos anos antes, contou essa passagem do tio e parou de falar, mergulhando no que lia e via, em suas próprias anotações, folheando para diante e para trás. Esqueceu da minha presença por minutos; depois, relatou, com voz triste, que o tio fora embora para a capital deixando essa linda tarefa para ele, menino, que dali por diante, sempre que podia, nas horas e dias de folga da escola e do serviço, andava pelas terras da região com uma sacola em que levava o caderno para desenhar e anotar, assim como recolhia materiais encontrados nas buscas – pedras polidas, peças maiores e menores de cerâmica, algum osso, tudo ele carregava com cuidado extremo, levando para casa, onde lavava com carinho, secava ao sol e guardava, primeiro no quarto que dividia com os irmãos, depois num porão da casa que ele mesmo limpava e conservava, e finalmente na sala de sua casa de homem adulto, aquela mesma em que estávamos conversando, que uma vez havia sido dos pais e que restou para ele, o mais novo, de herança. Formou-se ali, com o trabalho dele e dos poucos amigos de empreitada.

Nem precisou dizer, porque era óbvio, eu adivinhei logo ter ele sido um menino e um jovem muito tímido, que quase sempre se isolava dos outros, pouquíssimo ia a bailes e a festas, mesmo nas comemorações da igreja só comparecia o mínimo tempo possível, porque o que gostava mesmo era andar à cata dos restos dos índios, com seu caderno à mão, na companhia de algum amigo ou mesmo só.

Estava já me sentindo um intruso na vida do Seu Roberto naquela altura, por ter sido um deflagrador involuntário dessa lembrança melancólica toda, quando me ocorreu retomar o tema da minha visita: ele poderia me dizer onde estavam as coisas dos índios? Seria possível vê-las? Ele estacionou os olhos limpos e pequenos em um ponto próximo ao meu rosto, mas sem me fixar diretamente, e disse que tudo tinha sido levado embora dali. A coleção, acrescentada por elementos trazidos por outras pessoas, que sabiam da estima do Seu Roberto por aquilo, tinha morado com ele por décadas, na sala de visitas da casa, dentro de caixas caprichadas, em acomodação resistente, até que pouco tempo antes da minha visita um secretário do prefeito mandou recolher tudo aquilo. Alegou que era propriedade do município o que estava no subsolo daquelas terras, e que Seu Roberto devia entregar, sob pena de ser condenado à cadeia pelo crime de..., por um crime, enfim, cuja especificidade ele não recordava. Cadeia!

O velho entregou tudo, naturalmente, porque era um homem correto e não queria ir preso. Tinha a sincera impressão de não ter cometido crime algum, mas o tal secretário, professor da escola estadual e advogado da praça, era quem sabia das leis. Assustado, vendo o risco que corria, entregou tudo. Soubera que o secretário falava de organizar um museu municipal, mas até então nada de concreto aparecera. Museu que, em todo o tempo que circulei pela cidade, nunca existiu.

Seu Roberto só não entregou o caderno. Não entregou nem falou dele para os que vieram buscar as caixas dos vários itens indígenas que ele colecionara por tantos anos, com tanto zelo e ciência. O *Merkbuch* era a prova de que sua vida havia valido a pena; morrendo o dono, onde iria parar o caderno, já que ele nunca casou, nem teve filhos? Onde foi parar, agora que ele certamente já não vive mais? Algum parente? Um sobrinho que, sem aquilatar o entranhado valor daquilo para uma vida, a vida do Seu "Rôbert", botou o caderno junto com aquelas outras coisas velhas destinadas a um lixo qualquer? Queimou?

    Desenhei o rosto do velho faz pouco tempo, com os óculos gastos, a grade irregular das rugas, as longas sobrancelhas; ele está sentado lá na varanda da casa: parece que parou de dizer uma frase qualquer e desviou o olhar para longe de mim, que estou aqui onde fica o ponto de vista do desenho, e por isso eu o vejo meio de perfil, com o olhar posto longe, em lugar nenhum, pensando amargurado na vida que passou. Desenho agora, sem conseguir acertar qualquer figura direito, alguns elementos que me lembro de ter visto no caderno do velho Seu Roberto, e me prometo contar também essas histórias de índios para o meu filho, que vai passar uns dias aqui em casa.

Quatro

Seu Roberto terá alguma vez namorado? Não era nada comum naquela região e época o sujeito viver só. Mulheres solteiras havia, pelo que lembro, mas homens nunca ouvi falar. Então ele deve ter tentado casar, e os planos deram errado: a mulher faleceu antes da hora; a mulher recebeu outro convite de casamento e preferiu o outro; o pai proibiu a filha de casar. Hipóteses, especulações inúteis, que nunca serão satisfeitas. Seu "Rôbert", assim como tantas outras figuras daquele mundo – meu vô e minha vó, para começo de conversa –, não vive mais, nem deixou registradas suas lembranças (salvo, no caso dele, aquele lindo caderno, que talvez já nem exista, agora). Agora é tarde para perguntar.

O único caminho é especular (ou parar de pensar). Ele era um solitário, que vivia consigo mesmo e seu caderno, mais a lembrança dos restos de vida índia, porque, quem sabe, precisou ficar com a mãe, quando os irmãos começaram a ir embora de casa, e ele, o caçula, foi ficando, para trabalhar, no começo ajudando apenas, depois sustentando a velha mãe. Os outros irmãos saíram dali, foram morar em outras partes. Vinham de visita apenas uma vez por ano, quando o orçamento proporcionava. Então não houve escolha: Seu Roberto precisou não casar.

Ou talvez ele tenha sido de fato casado, por pouco tempo. Tão pouco tempo que, quando eu o conheci, não restava mais nada de lembrança daquele breve intervalo de amor numa vida solitária como a dele? Ela pode ter falecido de uma das tantas doenças que simplesmente matavam, sem mais. Ele como um viúvo eterno faz mais sentido, pelo que lembro de sua estampa e registrei no retrato que fiz dele, do que ele como um solteirão.

Eu também fui casado. Durou muito pouco para a fantasia que eu tinha ao conhecê-la. Por mim, seria um casamento eterno, com filhos, com um lar, com almoço de domingo para as famílias e os amigos. Eu queria permanecer junto, envelhecer junto, ver os filhos crescerem e alçarem vôo de casa, sempre junto com ela. Não deu, e não vou ficar aqui tentando culpá-la, nem culpar-me; faço análise há anos e acho que já consegui enxergar os contornos da crise, as linhas principais das nossas diferenças, como também das afinidades, que num certo momento pareceram capazes de sustentar tudo, mas não eram para tanto.

Dela nunca desenhei nada, a não ser a mão. Ela tinha, aliás tem, uma mão expressiva, que desenhei de memória, sem recorrer a nenhuma das fotos que guardei da nossa relação toda. (Aliás, seria uma pesquisa talvez frustrada, porque ela não gostava da mão que tinha; mais de uma vez ela me disse que sabia ter mãos de velha, e por isso, sempre que podia, escondia-as, nas fotografias. Usava cremes, de várias marcas, cada vez mais sofisticados, caros, cada qual prometendo mais juventude para as mãos. Uma bobagem, na minha opinião; uma questão quase de honra, para ela.) Desenhei numa época bem inicial das minhas incursões ao mundo do lápis, do grafite, das sombras, das perspectivas. Fui fazer o curso de desenho inicial quando ainda vivíamos juntos e o nosso filho era um projeto em curso, vivendo na barriga dela; fui estudar e me dediquei ao desenho como uma das formas de passar o tempo em que ela pedia que eu saísse de casa, porque não agüentava me olhar, me ver, muito menos me ouvir. Eu tive que arranjar coisas para fazer: a análise começou aí, e assim também o desenho, aliás sugerido pelo meu psicanalista mesmo.

Falando nisso: e por que ele terá sugerido desenho? Eu terei dado algum motivo, alguma pista que insinuasse gosto, tendência, queda, para isso? Não é muito verossímil. Talvez pela minúcia descritiva dos meus relatos, que se acentuou quando comecei a anotar os sonhos, detalhe por detalhe; talvez. Seja como for, me fez bem a sugestão, me ajudou muito ter estudado um tanto de desenho. Figuras geométricas; naturezas-mortas; partes do corpo humano; a mão dela. E parei por aí.

Parei porque a separação veio logo em seguida ao parto, nem dois meses depois de vir ao mundo o nosso filho. Parei porque não cabia continuar tentando conciliar minha vida com a dela, quando ela achava insuportável me ver, falar comigo, ter que compartilhar o que quer que fosse comigo. Eu a repugnava, ainda a repugno. Agora não mais, imagino, porque ela ficou livre de mim bem rápido: quando vi que não era mais apenas eu o objeto de suas crises mas também ele, um recém-nascido que não tinha como se defender, saí da casa que montamos e onde vivemos aqueles quase quatro anos em comum. A casa continua sendo minha no papel, porque era minha antes de casarmos, mas preferi sair pura e diretamente, deixando para o meu menino e sua mãe aquele lugar, onde eu nasci, cresci e vivi desde sempre.

E vim morar neste apartamento, pequeno mas confortável, onde agora desenho. Não o rosto dela, nem mesmo sua mão; não os rostos dos meus pais que naquela casa viveram e à sua maneira foram felizes; não o rosto do meu guri, que agora dorme no quarto que ele tem aqui comigo; desenho um certo ângulo do quarto de dormir onde passei meus anos de vida até que o pai morresse e a mãe saísse da casa para morar com minha irmã, lá em Lajeado, onde mais tarde veio também a falecer. Desenho o ângulo que eu via quando estava deitado de costas, em geral com a mão esquerda debaixo da cabeça e a direita sobre a barriga: um canto da janela que dava para a lateral da casa; um velho gancho de cortina que estava ali havia tempos mas que não servia para nada, porque eu me recusava a admitir cortina no quarto, uma coisa burguesa que eu julgava excessiva – ah, as brigas erradas que a juventude compra –, gancho que de vez em quando servia para eu pendurar alguma roupa, tirada do corpo já na cama e atirada na direção da parede, quando o cansaço, a preguiça ou a raiva me faziam primeiro deitar e depois me despir; o alto da parede ao lado da janela, sem nada a cobri-lo salvo uma velha flâmula do Internacional, do ano da inauguração do Beira-Rio; só isso, e nada mais. Estou terminando de desenhar a velha flâmula, naquele formato triangular, o perfil do novo estádio numa ponta, o símbolo que entrelaça as três letras – S, C e I –, o nome comprido em letras solenes, Sport Club Internacional, e ainda o Saci, símbolo do time.

Quase não dá para pensar em algo menos expressivo do que esse conjunto frágil de itens no canto do quarto, e no entanto é um mundo, porque eu esquadrinhei aqueles centímetros quadrados mais do que qualquer outra coisa na vida. Foram horas e horas que não passavam, nunca passavam, nunca passaram.

Meu filho agora dorme ali no quarto e eu permaneço aqui desenhando, rabiscando, sem encontrar nenhum tema que valha a pena. Abro a gaveta e repasso alguns dos desenhos que meu desejo espera sejam acolhidos por ele, algum dia, no futuro, quando ele puder se apropriar desses pedaços de lembrança que seu pai lhe terá deixado. Vejo até o desenho da mão de sua mãe, que continuo achando linda, não pelo desenho, mas pelo original. Uma pena tudo isso. Paro de olhar.

Fui buscá-lo na creche umas horas atrás, que ela me mandou – sim, mesmo depois de separados ela não fala comigo, apenas expede ordens – chamar de escolinha, por um motivo obscuro para mim. Ele estava com a mochilinha que carrega quando vem para cá passar a noite ou o fim-de-semana. (Aqui ele tem de tudo, móveis, roupas, louça e talher, toalhas; minha modesta casa foi montada para nós dois, porque assim é que faz sentido alguma coisa da vida, da curta vida que temos, que tenho.) Ele veio correndo na minha direção, lá de dentro do prédio da creche, e voou nos meus braços: e a vida recompôs todo o frágil sentido que tem.

A vida dele é o que confere razão a qualquer coisa da minha vida. Sei que é um lugar-comum pensar isso, mas não fujo do óbvio, aliás aprendi a gostar do óbvio, ainda mais depois da montanha-russa que foi a minha separação. A paz do óbvio, a paz do lugar-comum, a paz das coisas amenas, tudo isso tem direito à existência. No carro, a gente vem conversando, antecipando o que vai fazer à noite (ou nos dias seguintes, em caso de ser sexta-feira); e aí cantamos, mais eu do que ele, mas ele também. Eu queria muito contar histórias para ele, quero dizer, as histórias que eu desenho, que hoje em dia emergem cada vez com mais força da minha lembrança, mas sei que não é a hora. Não é que ele não ouça histórias, pelo contrário: ele gosta de ouvir e de ajudar a inventar histórias; o que não cabe, eu me dou conta, é querer que as minhas lembranças passem para dentro da memória dele, para dentro da sensibilidade dele. Isso, só os desenhos vão poder fazer, se é que vão.

Ele chegou, largou a mochilinha no quarto e já fomos para a sala brincar com o velho trenzinho elétrico que era meu e agora é dele. Ele gosta de tudo: da montagem, que requer paciência e certa destreza, e da brincadeira, quando a gente liga o mecanismo e fica em parte vendo o que acontece e em parte auxiliando a acontecer, com os enredos que vamos inventando para as ações – agora o maquinista tá com fome e vai parar no restaurante (uma caixa de óculos colocada ao lado dos trilhos); agora a menina que tava viajando tem que ir pro hospital; agora o trem quebrou e precisa arrumar na garagem. O trenzinho, quando na plenitude de suas forças, ocupa todos os espaços da sala, sem deixar folga nem para um par de chinelos, que eu preciso tirar dali a pedido dele.

Brincamos e ele pediu para descansar. Tomamos banho e ele tomou um iogurte, porque já tinha comido na creche (na escolinha); botei na cama, e ele está dormindo como o anjo que é.

Lembro de algumas noites dormidas na casa do vô, lá em Lajeado. Eram sempre férias; era sempre ou bem frio, ou bem calor. Algumas vezes dormi numa velha cama no sótão, mas o lugar era empoeirado o suficiente para me fazer espirrar mais do que era suportável; na maior parte das vezes dormi num dos quartos que tinham porta para a sala de jantar. Na minha meninice, o banheiro da casa do vô era fora do corpo da casa, a vários passos de caminhada, pela área onde ficava a cisterna. Era bem confortável o banheiro, mas, sendo fora da casa, era por si inalcançável para mim, às noites. Xixi era no penico, que ficava debaixo da cama.

Um relógio de pêndulo avisava as horas e as meias-horas, regularmente. A uma certa hora da madrugada, ainda sem a luz do dia, o vô e a vó levantavam da cama; ao passarem do quarto para a cozinha caminhavam obrigatoriamente pela frente de uma grande cristaleira, guardadora das melhores louças, e bem ali havia alguma frouxidão no piso, que era de tábuas, de forma que sempre se produzia um som leve de louça, um discreto mas audível bulir de xícaras e pratos e talheres; era o primeiro som do dia, dentro da casa: passos, madeira rangendo, tilintar de louça.

Não tenho como desenhar esse som, mas tenho como tentar flagrar o rosto do vô, que saía a essa hora de dentro da casa em direção à estrebaria, onde ordenhava as vacas. A vó permanecia na cozinha, acendendo o fogo (fogão a lenha, claro), preparando o café, cortando fatias de pão, em tudo produzindo algum som, algum sonzinho, leve, quase celestial, de casa funcionando, de família tratando da vida, cuidando do que devia ser cuidado, vendo crescer os netos depois de ter visto crescer os filhos.

O rosto do vô: ele teve uma doença complicada no rosto, um tumor, que precisou tirar e que levou alguns anos de sua alegria embora. Não sei bem o que era, nunca perguntei, e agora talvez ninguém saiba mais; lembro de umas temporadas dele no hospital, alguma vez hospedado inclusive na casa dos meus pais, em Porto Alegre, eu pequeno ainda, ele com dificuldades para se alimentar, minha mãe cuidando, meu pai – o filho deste vô – derrotado de tristeza. Resultou que seu rosto ficou com uma cicatriz estranha, do lado esquerdo: uma superfície muito lisa, desmentindo a idade marcada nas rugas que havia em todo o resto da face, uma superfície parecendo artificial, de plástico, que rebrilhava mesmo. Talvez até mesmo a estrutura do rosto tenha sido afetada por essa doença e seu tratamento; agora me vem na lembrança uma certa dificuldade que ele passou a ter de articular as palavras, talvez até de mastigar. Seus silêncios teriam algo a ver com isso?

Sua cabeça era pequena, os óculos eram grandes, com os aros deselegantes que os primeiros anos das armações de plástico engendraram; ele sorria pouco e sorriu menos ainda depois da doença; não tinha barba nem bigode; de característico, usava suspensórios, e tinha as mãos creio que maiores do que sugeriria a harmonia com o resto do corpo. Como era o olhar do vô?

Preciso admitir que não me lembro. Forço a memória e só o que vem é a imagem de uns olhinhos miúdos, escuros, apertados, escondidos atrás dos óculos deselegantes. E isso chega para retratar alguém? Queria muito ter visto sua imagem antes, em outras passagens de sua vida. Aos seus 20 anos, quem sabe, quando, pelo que alguma vez me contaram, o vô passou uma temporada em Porto Alegre, estudando na fábrica Renner, desenvolvendo-se no metiê de alfaiate que ele tinha já em parte dominado, já que era filho de alfaiate e, mais ainda, havia sido designado pelo pai como seu herdeiro na profissão. (Outra voz apagada na minha lembrança sussurra que o vô não teria gostado dessa designação: outros irmãos dele foram adiante na vida, saíram da cidade, viraram caixeiros-viajantes, um deles formou-se em Direito e fez até carreira política na Capital Federal, mas ele precisou ficar ao pé de seu pai, para ser o que o velho queria que ele fosse. Verdade?)

E se eu pudesse rever meu avô nessa altura, lá por 1920, que cara eu encontraria? Estaria ele espantado com o progresso, com as máquinas, com o flamante cinema que deve ter encontrado na capital, com, quem sabe, alguma jazz-band que tocava aqueles ritmos frenéticos e modernos, em algum bar-chope? Estou imaginando um caipira posto no meio do futuro, e não sei se tenho razão. Pode ser que nada disso seja verdade, e que o vô tenha passado uns bons e felizes tempos na cidade grande, por que não? E que depois tenha voltado para sua cidade cheio de gás, de desejo de modernização, de vontade de abrir seu negócio lá no meio de sua gente. Os olhinhos pequenos, então, estariam brilhando, quando ele retornou, de vapor, pelo rio, para sua cidade, deixando para trás aquelas lindas e fugidias horas. O futuro o aguardava em Lajeado.

 Posso evocar outra cena, esta real: quando o vô precisou fechar a loja de roupas e alfaiataria. Eu teria uns 7 anos e fui com ele e o pai até lá, de carro (o carro do meu pai, com um cheiro irreproduzível em desenho mas que eu saberia descrever em detalhes), recolher umas caixas restantes, com botões e sabe-se lá mais o quê, testemunhas de um tempo melhor, que ali se encerrava. Eu vim sentado sozinho no banco de trás, com os dois braços abertos para segurar a pilha de caixas colocada contra o encosto do banco, o pai e o vô na frente, quietos. No ar, além do cenho carregado do vô e também, certamente, do meu pai, havia uma conversa nunca muito clara, circulando apenas entre os adultos, as crianças que éramos apenas pescando um fiapo de notícia: que o vô teria sido passado para trás pelo sócio, um certo Leonard, com fama de rico na cidade, sempre com carros chiques, enquanto o vô nem carro tinha. Verdade isso, lembro bem; mas não recordo a cara do vô. Sua doença terá se agravado com esse baque? Como viveu depois? Nunca mais costurou? Onde colocou seus materiais de trabalho? Que fim levaram suas lembranças da temporada na capital, umas décadas antes?

Meu filho vai acordar daqui a algumas horas, e não imagino os barulhos que poderá estar escutando agora. Rabiscando no papel, não produzo som que ele possa distinguir; da rua, vem um ruído fraco e espaçado de carros subindo a avenida que fica aqui perto; o edifício, graças aos céus, é silencioso. De que ele lembrará, no futuro, como barulhos característicos do apartamento de seu pai?

Na casa em que ele vive com a mãe e onde eu vivi tantos anos, havia, deve haver ainda, barulhos característicos. Na minha meninice, havia o ruído do pai fazendo xixi barulhento, mirando o jato direto na água do vaso, coisa de que a mãe reclamava regularmente, sem esperanças de reverter seu comportamento; havia o barulho do bonde, que passava no fim da noite, quando eu já devia estar dormindo mas não estava, perto da meia-noite, o último a passar ali antes do dia seguinte; havia algum barulho de bicho, gata no cio, cachorro acuando no meio da noite, nada além disso. E hoje? O que ele ouve?

Como identifica a passagem do tempo, das horas, sem relógio que marque as horas sonoramente?

Vou perguntar para ele, assim que calhar. Barulhos, como as imagens, entranham a alma e merecem atenção. Assim que calhar: daqui a alguns anos. Ele, com seus quatro escassos anos, nem vai entender a pergunta, agora.

Vou perguntar para ele quando? Por quanto tempo vou conviver com ele? Até quando terei a graça de estar aqui, respirando, para fazer as minhas coisas, registrar as minhas lembranças em desenhos, acompanhar a vida dele, ajudá-lo como for possível, vibrar com suas conquistas?

Essa doença não tem muita forma, nem tem ritmo conhecido totalmente; a gente nunca sabe bem o que vai acontecer. Posso viver mais uns meses, posso viver mais uns anos, posso viver até morrer de velho. Tratamentos novos são descobertos a cada tanto; a esperança passou a ser uma vizinha amável, que cumprimento todos os dias, sem maior certeza de receber de volta a saudação. Quem sabe? A instabilidade, a imprevisibilidade, a incerteza: com isso é que eu tenho vivido os últimos quatro anos e meio da minha vida, desde que comecei a fazer os primeiros tratamentos. Isso irá assim até quando?

Ninguém além do próprio sujeito atingido pela doença precisa conviver com o horror. (*A solidão do moribundo* é o nome de um livro do Norbert Elias que eu tenho mas nunca tive coragem de ler.) Um doente terá companhia certa enquanto tiver mãe e pai, porque estes em geral encaram a dificuldade do filho, talvez por culpa, talvez por piedade, na melhor hipótese por amor mesmo; mas um doente muitas vezes não consegue continuar desfrutando da companhia de quem não é seu parente de sangue. Não é simples suportar a ameaça do fim da vida assim, para qualquer hora, para toda hora.

O meu guri não sabe bem o que me passa, nem precisa saber. Ele precisa é viver sua vida, com as virtudes que tiver, com as limitações que lhe ocorrerem; eu vivo, agora, cada momento, enquanto carrego minhas lembranças, que de vez em quando queria contar para ele.

E por isso eu aprendi a desenhar.

Termino o desenho do vô e o comparo com outros retratos familiares, que busquei agora mesmo na coleção dos meus rabiscos. O rosto do vô não ficou nada bom, como antes os retratos que tentei fazer do meu pai e da minha mãe. Da vó, curiosamente, até que consegui fazer um esboço bem satisfatório, talvez porque a tenha registrado com um meio-sorriso, o mesmo meio-sorriso que ela tinha de vez em quando, nas ocasiões em que me via feliz, brincando por ali, perto dela, na casa miraculosa de Lajeado.

Também não é para tanto eu ficar assim, agora, comovido e derrotado pela tristeza. São todos mortos, pais e avós, mas meu filho está ali, dormindo. Eu também vou dormir, para poder acordar assim que ele acorde. Quero pegá-lo nos braços e estar com ele desde o primeiro minuto do dia. Amanhã de manhã vamos no parque e vai ser uma beleza: bicicleta, bola, pacote de bolachas, um suco, sol, ar, paisagem.

Cinco

Ele acordou, eu o busquei na cama; dei-lhe a mamadeira e voltei para cá, para a companhia dos meus lápis e desenhos, porque preciso tomar um fôlego. Respirar com calma e chorar um pouco.

Quando fui buscá-lo no seu quarto, ele já estava acordado; acordado e já com um caderno na mão; caderno que ele já tinha tirado da mochilinha e que me alcançou dizendo para olhar:

– Tó, pai; eu também aprendi a desenhar.

Havia ali animais e figuras de todo tipo; e páginas adiante ali estava a mãe dele, ali estava a casa, ali estava o ângulo do meu velho quarto. Ele entendeu mais do que eu esperava. Meu filho amado, para sempre.

Nota

Este texto foi escrito entre junho de 2006 e agosto de 2008.

Silvana Lottermann, de Lajeado, leu os três primeiros capítulos e ajudou com um *feedback* legal, em 2007. A Nóia Kern me ajudou também, lendo e repassando os mesmos três primeiros capítulos para alunos do Ensino Médio de Picada Café, cidade de cuja Feira do Livro eu fui patrono, em 2008. Humberto Gessinger também leu e me deu um retorno minucioso. A Julia, minha sempre querida esposa, mais uma vez leu e me deu ótimos palpites de revisão e de especificação.

A cena do senhor negro falando alemão me foi contada pelo Jorge Pozzobon, anos atrás, exatamente com aquela frase sobre o mate estar pronto. Um senhor de origem alemã foi mesmo ameaçado de processo, em Santa Cruz, por haver guardado peças de índios em sua casa, na melhor das intenções: ele se chamava Roberto Steinhaus e a notícia apareceu em julho de 2002. Muitas cenas aqui apresentadas como sendo "de Lajeado" correspondem mesmo às lembranças que tenho da casa do vô Beno (que era de fato alfaiate) e da vó Maria (que verdadeiramente cuidava de um lindo jardim e fazia pães e *käs-schmier*), pais do meu pai; eles tiveram realmente uma empregada, mas chamada Alba, e um empregado que cantava Terno de Reis chamado Avelino, assim como pela casa deles passava mesmo uma velha que só se vestia de verde, só falava alemão e, pelo que lembro (mas a memória de criança pode ter omitido muita coisa e inventado outras), só comia pão quente e bebia água.

Muito do sofrimento do protagonista eu sei que meu falecido e inesquecido irmão, o Prego, sentiu; muito da alegria de ter um filho eu tirei da minha experiência de pai do Benjamim (e, deduzo, também da maravilhosa força daquilo que o Prego pôde experimentar nos poucos meses em que conviveu com o Alfredinho, seu filho).

O mais é invenção cá da minha cabeça, salvo muitos detalhes que conferem ponto por ponto com a verdade dos fatos, guardados cá na minha lembrança.

Este *Mundo colono* é totalmente, com todo o coração e toda a alma, com toda a força da memória e do meu infinito amor, dedicado ao Prego, que não teve tempo de contar suas lembranças para seu amado filho.

LAF

GRÁFICA EDITORA
Pallotti
IMAGEM DE QUALIDADE

Santa Maria - RS - Fone/Fax: (55) 3220.4500
www.pallotti.com.br